TO

死にたがりの完全犯罪と月夜に散る光の雨

山吹あやめ

TO文庫

目次

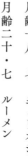

桂月也
陽介と同郷。
地元有力者である議員の息子。
理科大学物理専攻／大学三年。
二人暮らしは陽介任せ。
アーモンドチョコ好き。
日下陽介
東北の田舎出身。
町の相談役を兼ねた農家の息子。
教育学部家庭科専攻／大学二年。
家事全般を担当。
ハリネズミモチーフ好き。
CHARACTERS

プロローグ―朔《さく》

新月《しんげつ》のベランダは闇《やみ》が濃《こ》かった。

それなら星がよく見えそうなものだけれど、薄いガスでもかかっているのか。地上の光が強すぎるためなのか。ペンキで塗ったようなのっぺりとした黒い空でしかなかった。

(北極星も分かんねぇな)

そもそも、南向きのベランダからでは見つけられないだろう。当たり前のことをいちいち考える自分に、桂月也《かつらつきや》は苦笑する。室内灯が照らすガーデンテーブルの上、古びた星の写真集と並べていた白いマグカップを持ち上げた。

四か月前――ゴールデンウィークを台無しにした緊急事態宣言。ステイホームでもできることとして流行ったDIYに便乗して、月也もベランダを改造した。ウッドデッキ風パネルを敷き詰め、アイアンテーブルと椅子を置いた程度のものだけれど、錆びた落下防止柵に寄り掛かることしかできなかった頃に比べたら、よほど快適だと言える。

何より、テーブルセットがもたらした一番のメリットは――

「先輩、江戸川の花火大会も中止になっちゃってましたぁ」

木製の皿に焼きたてのバニラクッキーを山盛りにした同居人、日下陽介《くさかようすけ》は、ため息とともに月也の向かいに座った。そうか、と頷いて、月也はマグカップを置く。同じ手で、加熱式タバコのスティックをつまんだ。

　テーブルセットのメリットは、手作りおやつと一緒にタバコを楽しめるようになったことだ。もしかしたら、タバコを嫌いがちな陽介との会話時間も増やしたかもしれない。

「つっても、花火大会なんてどうせ夏のうちに終わってたんじゃねぇの？」

「例年通りなら。今年はほら、オリンピックが予定されてたでしょう。それに合わせてスケジュールが変更されてて、新型感染症もあって十月に予定されてたんですけど……」

はぁ、ともらされた陽介の息が、タバコの煙の流れを乱す。同時に漂ってきたクッキーの甘い香りに誘われて、月也は、タバコを持たない右手を皿に伸ばした。

暗いばかりの空の下、白いクッキーは星の形をしていた。

粗熱《あらねつ》の残る生地はまだやわらかく、舌の上で歯ごたえもなく崩れた。

「陽介って、そんな花火好きだったっけ？」

「いえ。ただ今年は、色々と振り回されるだけの夏だったので。何かこう、パーッと華やかなものでも見たかったって言いますか……」

複雑な思いを眼鏡の向こうの瞳ににじませて、陽介は笑う。同調するように頷いて、月也はマグカップの横の写真集に視線を移した。

　振り回されるだけの夏だった――

それはきっと、誰もが抱いた思いだろう。新型感染症の流行によって、これまで考えなくてもよかったようなことも、考えなければならなくなった。

言い訳にすることもできた。

お盆であっても帰省しない。相手を思いやるふりをして……陽介もその手を使って実家から逃れようとしていたけれど、運命とでもいうべきものがあったのだろう。

祖父が亡くなったことで、彼は帰らざるを得なくなった。

同時期。月也は戸籍上の母の妊娠によって心を乱された。

そんな夏の締めくくりは「完全犯罪」だった。二人で実行した示談金詐欺。その後に見上げた星空は、あまりにも圧倒的だった。

宇宙に惹かれた理由を、強く思い出させるほどだった。

「でも。振り回した夏でもあったんだろうな」

月也は加熱式タバコを置くと、反対の指先に残ったクッキーの欠片を払った。

星の写真集を手にする。さわり過ぎて角が丸くなった表紙を飾るのは、北極星と、同心円を描く星の軌道だ。地球の自転が生み出す星の動きは、人間の目に、星の方が回っているように感じさせる。

日が昇り、沈むように。

天文学的には誤りでも、文化的には正しい。暮らしの中で回っているのは太陽の方で、地球の自転など意識しない。

きっと、振り回されたと感じているのは、実家の方も同じなのだ。

ざまぁみろ、と思いながら、月也はページをめくった。

「そんな写真集あったんですね」

「ああ……小四の時にキヨがくれたんだ。俺としてはホーキング博士あたりが欲しかったんだけど、なにを勘違いしたんだか、分からなかったんだか」

「大事なものなんですね」

「どうだろ」

こっちに持ってきたのは、向こうに置いてきても捨てられるだけだと分かっていたからだ。今、久しぶりに開いてみたのは……夏に振り回されたせいだった。

完全犯罪の夜と同じ星空を求めて、あの町でもらった星の本を引っ張り出していた。

写真集は「月」から始まっていた。

(イザナギの左目から天照大神《あまてらすおおみかみ》、右目から月読命《つきよみのみこと》が生まれた、ねぇ)

太陽と月にまつわる神話は、かつて神社の巫女だったキヨには相応しい。けれど、科学の徒を自称する月也の記憶には、ちっとも残っていなかった。

天照大神は、五穀を司る保食神《うけもちのかみ》のところに月読命を訪ねさせる。保食神は、口から取り出した飯や魚でもてなしたけれど、月読命は怒ってしまう。

そして、月読命は保食神を斬り殺す。

「……」

「先輩。どうしました?」

「いや。月って昔っからそういうイメージなんだなって」

そういう？　と陽介は星型のクッキーをつまんだまま首をかしげる。月也は雑学が豊富な写真集を、彼にも見えるようにテーブルの中央部に置いた。該当箇所を指さす。

――月読命の犯行報告を受けた天照大神は、当然腹を立てる。結果、太陽と月は、昼と夜の空に別れて出ることとなる……。

「でもほら、あくまでフィクションですし」

「けどさ。陽介だって、俺が誰かを斬り殺したら、天照大神並みに怒るだろ？」

「まず、そんなことが起きないようにしますけど……」

戸惑ったように睫毛《まつげ》を震わせ、陽介はクッキーの角をかじった。月也も眉を寄せ、バニラが香る星を口の中へと放り込む。

途切れた言葉が、雄弁に語っている。

いくら示談金詐欺で共犯者になったとしても、殺人となれば重みが違うのだ。怒ってくれるならまだマシな方で、関わりを絶ちたいと思うのがふつうだろう。

「神話ですらこうだし。やっぱり月と太陽が家族になるなんて――」

「先輩」

言葉を遮り、陽介は食べかけのクッキーを口に放った。空いた手で新しい星をつまみ、月也へと差し出した。

親指の付け根の傷痕が、室内灯に照らし出された。

農家という日下の家業が偶然に付けた、草刈りガマによる傷痕。それは、彼の家族を象徴するものでもある。

賑やかで、騒がしい家族。

町の相談役たる「日下」の家らしく、他人を放っておけない家族。

それは、政治的に利用できるかどうかが優先される「桂」の考え方と違っている。身内ですら道具のような扱いで、子どもは「血」のためにあるもので、不要となれば容易く捨ててしまうのが、月也の知っている家族だった。

（「桂」も月の異名なのか……）

陽介が差し出すクッキーを受け取れずに、月也は本に目を落とした。古代中国の伝説にある、月の中に生えている木のことを桂と言ったらしい。そうして陽介から目を逸らす月也の耳は、短いため息を捉えた。

「まあ、先輩が『家族』について悩めるようになっただけ、エレガントな進歩なんでしょうね」

「……………」

「それは嬉しいことですよ」

クッキーを持たない手が、月也の右手をつかんだ。手のひらを上に向けさせ、一枚の星を載せた。それをひどく熱く感じたのは、粗熱のせいだろうか。

「陽介」

「はい」

「いや。なんでもない」

手のひらのクッキーを見つめて、月也は左右に首を振る。呼びかけてみたものの、本当に何を言いたかったのか、自分でも分からなかった。

不本意ながら嫌いな虫に喩《たと》えるならば、蛹《さなぎ》の中でドロドロにとけてしまう青虫のように。心などお構いなしに変わろうとしているのかもしれない。

遠雷の季節。

陽介の存在の重さに気付いてしまったことで、彼の家族であることを受け入れてしまったために……。

(「家族」ってなんだろうな)

迷いながら口に入れたクッキーは、甘く、ほろほろと崩れた。

第1話　月齢十三・七　ファミリー

十月一日。

久々に訪れた理科大学の正門には、「A日程」という立て看板が目立っていた。月也は首をかしげかけ、それが二学年以下へ向けた掲示であると気付く。

新型感染症の流行以来、門を閉ざし、オンライン授業でつないできた大学が、門扉を開くために編み出した対応策。学部と学年を曜日と時間で割り振り、密の回避を目指したものだ。そこに月也が組み込まれていないのは、三年生だからだ。

二年までに全体的な科目は終わっている。感染症がなければ、春のうちから卒業論文に向けた、専門性の高い授業に変わっていた。それは、基礎科目を受講済みになっていることが条件となるから、もとから密になるほどの人数もいない。

学年単位で動くこともなくなり、指導教授の采配に変わる――はずだった。新型感染症によって、大学全体が閉鎖されてしまわなければ。

(面談かぁ……)

形ばかりにあるだけで、部外車両を止める程度の守衛所の前を抜け、月也はマスクの中にため息をこぼした。

半年もまともに顔を合わせていなかったから、今日はまず、近況報告でもしよう。メールにより時間指定をしてきた教授がどういう顔をしていたか、確かに月也の記憶からは薄れかけている。たぶん、フクロウを思わせる顔だったはずだ。

(ちょっと早かったな)

左腕の時計を見やり、月也は物理学部棟とは反対になる右に曲がる。生物学部棟の向かいに広がるフランス式庭園は、どこがフランスらしいのか分からない。幾何学模様を描いてツツジが植えられ、間を名前の分からない花が埋め尽くしている。位置関係からして、品種改良した花木の実験用庭園だと想像できた。

　まだ黄葉していないイチョウの下には、木材を模した樹脂製のベンチがあった。歩道に面するベンチは居心地が悪そうで、月也は庭園の奥に進む。生物学部棟ののっぺりとした白い壁を見渡せるベンチは、昨晩の雨に湿っていた。座ることを諦め、月也は再び時計に目を落とした。

　十時十二分。

　教授に指定された時刻は十時半。

　タバコで潰すには微妙な時間だ。大学は喫煙スペース以外を禁煙としている。フランス式庭園から最短の喫煙所までは、徒歩では片道で五分かかった。

（図書館覗くにも微妙だしなぁ……）

　短く息を吐き出し、月也は黒いメッセンジャーバッグからスマホを取り出す。かろうじて乾いているひじ掛けに座って、トークアプリのアイコンをタップした。

【ひま】

　変換すら億劫に思いながら送信する。

【行けるだけマシ！】

　相手――陽介からの返信は秒だった。彼の大学の方はまだ、対面授業に踏み切っていない。むしろ、オンライン授業の設備を充実させているようだった。そこが、実験が重要となる理科大学と、座学でもなんとかなる部分の多い教育学部の違いかもしれない。

ました、二年生の陽介は、教育実習の予定もまだなかった。

【昼飯なに？】

【希望があれば。買い出し行くので】

【カボチャ。あちこちにあった】

【ハロウィンですからね】

まだ十月が始まったばかりだけれど、駅ビルやコンビニはすっかりハロウィンだ。感染症などなかったかのように、例年通りのディスプレイがなされている。その素早さに、渋谷区役所もさっそく反応していた。

『ハロウィンはバーチャル渋谷で！』

こちらは、感染症を考慮した発表だ。スクランブル交差点周辺に集まる人々を、仮想空間の渋谷へと誘導する試みで、専用アプリを利用すれば誰でも、どこからでも、オンライン上の渋谷に行くことができる。渋谷区が後援し、通信会社等が主催する初の試みは、より注目を集めるために、世界的に人気なアーティストのバーチャルライブも計画していた。

【ニョッキとかどうです？】

【？】

これ、と言わんばかりに料理サイトのアドレスが送られてきた。カボチャのニョッキ。カボチャを練ってパスタ状にしたもののようだ。芋餅に近いイメージかもしれない。

【面倒じゃね？】

【楽しいですよ】

【じゃあ、それで】

ＯＫ、とハリネズミが踊るスタンプが返ってくる。春先にマスクが品切れになった時、陽介はハリネズミ柄の手ぬぐいでマスクを作っていた。ちらちらと彼の持ち物にも見かけるから、お気に入りのモチーフなのだろう。

（好きなもの、か……）

月也はスマホをサイドポケットの中に落とす。深く息を吐き出して、庭園を揺れる花を睨むように目を細めた。

例えば、もし、彼が棺《ひつぎ》を花で埋めてほしいと願ったら……。

金木犀の季節を迎え、すっかり秋へと変わった風に、奇妙な想像が浮かぶ。陽介の方が先に死ぬなどあり得ないと、左右に首を振ってベンチを離れた。

少し早いけれど、指導教授の研究室を訪ねる。

マグネットが貼り付く白いドアは、密閉回避のためだろう、開けられたままだった。その奥、窓際のパソコンデスクに初老の男が座っている。

宇宙を構成する粒子を専門的に扱っている埋畑《うめはた》教授は、マスクをしていても分かるくらいにフクロウのような顔の、ふわふわとした白髪頭だった。

「……お久しぶりです、先生」

「久しぶりだねぇ、桂くん。学生がいないうちに片付けようかと思ったけどね、結局この有様なんだ。だから、そこに座ってね」

目尻のしわを深くして、埋畑はドア近くに置かれた青いスツールを示す。月也は会釈して、メッセンジャーバッグを抱くように腰を下ろした。なんとなく落ち着かない気持ちに視線を巡らせた。

壁の本棚は埋め尽くされ、ドアから部屋の半分を使って置かれたラックも、書籍や書類であふれていた。来客のためにあるはずのソファも、ローテーブルも、ファイルやプリント置き場になり果てていた。

半年前と、なんら変わらず。

「……なんか、かえって安心します」

「そう言ってもらえると嬉しいねぇ。そうだねぇ、外はあまりにも変わり過ぎてしまったからね。この部屋の乱雑さが世界の原点になるのもいいかもしれないね」

「乱雑さじゃ、ますます散らかっていくんじゃないですか？」

「おお、本当だ！」

埋畑は愉快そうに手を叩き、パソコンデスクからプリントを取り上げた。遠目にも、メールで提出したレポートだと分かる。前期分の評価は出てしまっているけれど、改まって前にすると、さすがに月也も緊張した。

「あのね、桂くん」

「……はい」

「君、本当に情報物理学でいいの？　いや、人間原理主義を否定するつもりはないし、観測の重要性は分かっているけどねぇ、ぼくも。でも、君のレポートを読んでいるとね、本当にやりたいことは別のところにあるような印象を受けるんだよ。切り口が違うっていうのかなぁ」

埋畑はレポートをめくる。リアルタイムで読んでいるわけではなく、ポーズだけだ。月也は重く垂らした前髪越しに、埋畑の四角い眼鏡を見つめた。

「桂くん、まだ三年でしょ。だからまぁ、ちょっと無理すれば間に合うと思うんだよ」

「……えっと。まさか、研究室変えですか？」

「ちがうちがう！」

埋畑は大袈裟に首を振る。それがまたいっそう、フクロウのような印象を与えた。月也は眉を寄せ、教授の言葉を待った。

「桂くん。君さ、教免取ってみない？」

「……は？」

「うちでも中高理科は取れるから。授業数増えるから、無理強いはできないけど。なんかねぇ、桂くんには理科を教える側になってもらいたいような気がしたんだよ。情報物理の視点があまりにも『個』に向いているからかなぁ。個の相似形が宇宙なんて、エレガントな視点だよねぇ」

それは、と言いかけて月也はうつむいた。理系探偵の中で得た様々な個人の「関係性」

を、宇宙の在り方にこじつけてみた、とは言えない。

「あるいはさ。ホログラフィック宇宙論とかどう？」

「それ、ちょっと神秘主義的な面もあるやつですよね」

「そう。この世界のあらゆるものは相互に結合していて、局在的ではないってやつだね。量子物理学者デイヴィッド・ボームと、神経生理学者カール・プリブラムが考え出した宇宙論も、君と相性が良さそうな気がするんだ」

それで、と埋畑はレポートと入れ替えて、青い表紙のハードカバーを手にした。タイトルはそのまま、『ホログラフィック宇宙論』だ。

「これ、課題。読んだことある？」

「いえ……」

「レポート提出期限は一か月後。教免の件と合わせて挑戦してみてよ」

うまく返事をできないまま、月也は宇宙論の本を受け取る。持っただけで難題だと分かる、分厚い本だった。

面談前よりも深く会釈して、月也は埋畑研究室を後にする。

(何が起きてんだ？)

どうにもよく分からない何かが、心のまわりを取り巻いている気がした。ドロドロとして、つかみどころがなく、目を逸らしていたいような何かが。

これまで考えてこなかった何かが、存在を主張し始めている気がした。

そんなものを抱えた状態で帰る気持ちにはなれず、月也はフランス式庭園のベンチで、渡されたばかりの本を開いた。なんとなくめくったページの、ボームの言葉が目に飛び込んできた。

『世界を断片に分けているうちは、問題を解決できないだろう』

(「個」の反対じゃねぇか)

一人一人を考えずに、すべての人が関係しているのだとしたら。庭園で揺れる花びらの一枚一枚すらも、自分に影響しているのだとしたら。

自分なりに応用して。影響の度合いが距離に反比例すると、仮説を立てるならば――

「お前のせいで教免取れって言われたじゃねぇか!」

正午前。二人で暮らすボロアパートの玄関を開けるなり、月也は靴を脱ぐよりも先に叫んだ。「ええ?」という戸惑いはキッチンから聞こえてくる。顔を見せないのは、カボチャのニョッキを作っている途中だからだろう。ほのかに甘い香りがした。

洗面台の下に設置したゴミ箱にマスクを捨て、手洗いうがいをしてからキッチンに向かう。重い本の入ったメッセンジャーバッグをそのままに、月也は冷蔵庫に寄り掛かった。

「陽介のせいで、理科免許取れって」

「待って、なんで僕が関係するんですか」

「教育学部だから」

「答えになってません！」

戸惑ったように、陽介は透明なガラスボウルの中のカボチャ生地をこねる。だって、と月也はきつく眉を寄せた。

「他にどんな理由があるってんだよ。今までこれっぽっちも考えたことねぇのに、俺のどこに先生っぽさがあるわけ？　お前の癖かなんかが感染したとしか思えねぇじゃん」

「感染って……」

タイムリーで人聞きが悪い、と文句を言いながら陽介は、カボチャ生地にフォークで芋虫のような溝を付けた。

「でも、先輩。家庭教師として優秀じゃないですか」

「受験対策はまた違うだろ」

「えー……ああ、じゃあ、なんでも物理解釈するせいじゃないですか。それを黙っていられないで、いちいち僕に講釈垂れるんだもんなぁ」

「やっぱりお前のせいってことじゃん」

「はいはい。そういうことでいいですよー」

投げやりになった陽介は、沸騰した鍋の中にカボチャニョッキを放り込む。鮮やかな黄色がぷかぷかと浮いた。

合わせるソースは、しめじとベーコンのホワイトソース。昼食分にしては量が多いと思えば、夜はシーフードミックスを加えて、クラムチャウダーにアレンジするのだという。

「はい。二時から理系探偵の予定が入っていますから、それまでに食べ終えましょう」

黒コショウとパセリを散らした皿を、陽介は笑顔で渡してくる。見慣れているはずの顔に、何故か戸惑って、月也は目線を逸らして受け取った。

居間のサイズに合わないリビングテーブルに皿を置く。同じくサイズ感のおかしい臙脂《えんじ》色のソファを乗り越えて、自室のふすまを開けた。メッセンジャーバッグを下ろすと、皿と二人分のフォークを手にした陽介が、テーブルとソファの間に胡坐《あぐら》をかいた。

「いただきます」

「……いただきます」

陽介に促されるように手を合わせてから、月也もフォークをつかんだ。家具の配置の問題で、並んで食べる食事は、一体何回目になるだろうか。緊急事態宣言以降は、それまでの三倍近くに増えることとなった。

気付けば、食べ終えるタイミングが、ほとんど同じになっていた。

（もともと、リズムはどっか似てたし……）

床に座ったまま、月也はソファに寄り掛かる。天井を向くようにして目を閉じれば、食器を洗う音がよく聞こえた。

リズムは似ていた――そうでなければ、あの町に伝わる神楽を合わせることもできなかった。今になって分かったわけではないことが、「家族」を考えるようになってからは、妙に引っ掛かって仕方がなかった。

（教免って……）

その上、日下陽介を知らない人物の口から、彼に関係する言葉が飛び出してきた。非科学的とも思える偶然は、何を暗示しているのだろうか。そういうふうに、神経質なまでに気にしてしまうのは何故なのだろうか。

唸りながら月也は目を開ける。ソファを這い上って自室に向かった。ふすまのそばに置いたメッセンジャーバッグから、ホログラフィック宇宙論を取り出した。

——君と相性が良さそうな気がするんだ。

フクロウのような教授の声を思い出しながら、フローリングに胡坐をかいた。戸惑いつつページをめくる。この理論で行けば、個は全体となり、偶然は必然となる。

こうして「ここ」に存在するあらゆる物質は、すべて一枚のホログラムだからだ。

お札やカードに見る、イラストのようなホログラムとは違う。科学的なホログラムは、情報を刻み付けたシートだ。それはどこまで細かくしたとしても、同じ情報を維持し続ける。読み取るために必要となるのは、情報を刻み付けたものと同じ「波長」。

だから、人間がこの世界を物質的に見るのは、そういう波長のリーダーを持っているから、と言える。けれど、宇宙ホログラムには、それ以外の波長でなければ見ることのできない情報も含まれている。

宇宙は、人が読み取れない部分で、一つにつながっている。

影響を、及ぼし合っている……。

（やっぱ陽介のせいじゃん）

まだうまく呑み込めている気がしないホログラフィック宇宙論を閉じ、月也はソファの上に投げ出した。そのまま、ストレッチをするように背中を反らす。両手にマグカップを持った陽介が、少し呆れた顔で戻ってくる。

彼は言うだろう。

「また難しそうな本、読んでるんですね。砂糖多めの方がよかったですか？」

「いや……」

予想通りの台詞に戸惑いながら、月也はマグカップを受け取った。牛乳をたっぷりと加えたカフェオレだ。一口で、いつもより砂糖が多めになっていることが分かった。

言葉は飾りで、彼はとっくに感じ取っていたのだ。月也が抱える、得体の知れない疲労感を。だとすれば、心を取り巻くドロドロとしたものの正体も、陽介には見えているのかもしれない。

「陽介」

カフェオレに視線を落としたまま呼びかける。左斜めうしろから返事があった。月也はまた、言葉を続けられずに左右に首を振った。

言葉を波長とするなら。

月也はまだ、自分の中の何かを読み取るための「言葉」を見つけていない。

「……依頼内容、今回はまだ教えてもらってねぇんだけど？」

「あー」

陽介は気まずそうに声をさまよわせる。わざとらしく音を立ててカフェオレをすすってから、探偵っぽくないんですけど、と語り始めた。

「依頼人が知りたがっているのは、彼女の指のサイズを知る方法、です。誕生日にエンゲージリングをプレゼントしたいからって。サプライズ演出のために、彼女に気付かれないように調べたいってことみたいですね」

「え。そんなんメール返答ですぐに終わったんじゃね？」

「ええ」

頷いて、陽介はカフェオレを口に運んだ。そうして、穏やかに微笑んだ。

「目当ての指輪が受注生産らしくって。彼女の誕生日に間に合わせるには、明後日が期限になるみたいなんですけど。ギリギリまでは自分の力でなんとかしたいって……理系探偵は、失敗した時の保険みたいなものですね。すぐに対応できるように、念のため、時刻指定しておいたんです」

時刻を決めたのは陽介だろう。月也の大学での予定と、依頼人にとっての精神的余裕を考慮したに違いない。ギリギリで無駄のない時間配分。それは、町全体にさりげなく気を配れる「日下」らしかった。

つまらない気がして、月也は口を尖らせた。

「それならそれで、先に言っといてくれてもいいじゃん。そしたら俺だって、あらかじめ考えてやれたんだし」

「まあ、先輩ならすぐ思い付きそうだから当日でも大丈夫かなって。あと」

陽介は言葉を切り、カフェオレ一口分の間を開けた。

「先輩、最近悩んでることあるでしょう？」

「……………」

「無理矢理聞き出すつもりはないですけど。それならせめて、少しでも負担になることは避けたいって思ったんです」

なんで分かるんだよ――ほとんど声にしないで、月也はカフェオレをすする。それでも陽介は聞き止めて、同じくらい静かに答えた。

「家族ですから」

「そう……」

陽介が大事にしている言葉に、月也は心を取り巻く、どろりとしたものの粘度が増したような気がした。

(やっぱり……)

理不尽さと不安定さを混ぜ合わせたような、蛹の中でとける青虫のようなドロドロとした何かは、「家族」をキーワードとしている。

(俺が家族なんて分からねぇから……？)

四歳の梅雨。血のつながらない母、清美《きよみ》に刺殺《しさつ》されそうになった時から、月也にとって家族は「殺したいもの」だった。その一瞬でもいいから見てほしいと願うような、歪《いびつ》な関係でしかなかった。

陽介は、家族を「一緒に生きたいと思えるもの」としている。

百八十度違う考え方を、無理に合わせようとしているせいで、うまく考えられないのかもしれない。思考を再構築しなければならないから、ドロドロの青虫のように感じているのかもしれない。

（まして俺は死にたがりだし……）

家族を殺した暁には、自分も殺してしまうことが目標だった。月也が存在することを否定する清美の呪いでもあったし、今ではもう「桂」の呪いでもある。

半分の「血」は、全部の血を持つきょうだいができたことで、要らないものになってしまった。反発して生きてやろうと思うほどには、この世に未練もなかった。

「先輩」

思考に呑まれていた月也は、ドキリとしてソファを振り返った。左手の黒いマグカップを軽く揺らして、陽介はべっこう色の眼鏡を押し上げた。

「二時までまだ時間ありますし。考えてみます？　彼女に悟られずにリングサイズを調べる方法」

「……ああ」

頷いて、月也もソファに座った。右のひじ掛けに頬杖をついて、すっと目を細める。考えるまでもない、と小さく前置きした。

「寝ている間に計っちまえばいいだろ」

「それができるなら、依頼人もやってるでしょう。眠りの浅いタイプなんじゃないですか。指がふれただけで起きちゃうような」

「うん。だから盛るんだよ、睡眠薬」

「えー？」

それは怪しすぎるだろう、と眼鏡の奥の瞳が訴えている。月也は軽く笑って、カフェオレを口に含んだ。いつもより強い甘さと、切り替えられた思考のおかげで、気分が軽くなっていた。

「正確には鼻炎薬だけどな。市販薬の中にすげぇ眠くなるやつがあるんだよ。だるさもひどいから、アレ盛れば簡単には起きないだろうな」

「なんか、試したみたいな言い方ですね」

「ああ。陽介が来る前だけど、鼻風邪引いたことあって。プライベートブランドの安いの買ったら、マジやばかった」

「そういえば僕、こっちで先輩が風邪引いてるの見たことないですね」

「そりゃあ、栄養管理が行き届いてますからねぇ」

「褒められた？」

嬉しそうに陽介は首をかしげる。「はいはい」とあしらって、月也は話を進めた。

「二人の親密度にもよるけど。鼻声っぽいとか言ってさ、念のために飲んどいたらって渡せば、鼻炎薬くらいならさほど警戒せずに服用してくれるだろ。新型感染症のおかげで病院も行きにくいし、ひどくならないうちにって言い添えれば尚更にさ」

「でも。彼氏さんが都合よく薬なんて持ってたら、ちょっと奇妙じゃないですか？」

「あー……じゃあ、彼氏の方が先に罹ってたってことで。自分も調子悪いから持ち歩いてたってことにすれば、彼女ならいっそう信じ込みそうじゃね？　恋人同士なら、四六時中マスクしているってこともねぇだろうし。感染リスクは充分にあるわけだ」

そうして眠ったところで、左手の薬指のサイズを調べるのだ。伸縮性のない素材、細長く切った紙がいいだろう。それを巻きつけて、円周からサイズを特定する。

「これで犯行成立、と」

「犯行って」

あはは、と陽介は笑った。

「先輩って本当、何か企んでる時の方が生き生きしてますよね。示談金詐欺の時もそうでしたし、高校の時も色々やってましたもんね」

「……そうだっけ？」

「はい。特に僕は『ポラリス事件』が好きです。先輩らしい優しさを感じられたので」

先輩は覚えてますか？　と。勝手にタイトルをつけた過去の記憶を、陽介は楽しそうに語り始めた。

日下陽介が二年の時の、文化祭が近付いてきた頃だった。陽介のクラスである一組と二組は、合同でお化け屋敷をやろうということに決まったのだ。

二クラスが協力することによって会場を広くできることと、費用負担が軽減できるというメリットからだった。陽介は満場一致で、二組との連絡係を押し付けられていた。

「日下って本当、便利屋扱いよね」

放課後の教室。二組の連絡役である小中野実千《こなかのみち》は、向かい合わせた机の先でくるりとシャープペンシルを回した。陽介は思わず「慣れてる」とこぼして、頬杖をつく。電卓に使っていたスマホが、ふっと暗くなった。

「慣れてるかぁ。おかげで私は助かったけど。日下じゃなかったら、こんなスムーズに予算案できなかったと思うわ」

「そうかなぁ。おれは小中野さんのおかげだと思うけど。ペンキ代とか、いちいち検索しなくても単価出せるってすごいよ」

「そりゃあ、小中野商店の看板娘だからね」

ヒヒヒ、と実千は癖のある笑い声をあげた。彼女が連絡係を買って出た理由はそこにある。お化け屋敷に必要な材料を、彼女の家から調達させる。町内にはより安価に売っているチェーンのホームセンターもあるけれど、そちらに客は取らせないという魂胆だ。

「白状するとね、どうせ一組は日下だろうって思ってたんだ。だったら、うちに金が流れる予算案でも見逃してくれるだろうなって」

「おれはそんな、善良な身内贔屓《びいき》じゃないよ。情報がないから分からないだけ。ペンキ一缶の代金が安いのか高いのか、今のおれには判断できない。トータルで、まあ、クラスを納得させられる金額になってるからいいかなって思ってるだけだから」

「それを『忖度《そんたく》』って言うんじゃない？」

「語彙《ごい》力ないから」

忖度などという難しい言葉は知らない、と笑って陽介はスマホにふれた。五時近い。今から科学部の活動場所たる物理実験室に行っても、月也はいないかもしれない。文化祭の関係で遅くなるから、先に帰っていいとメッセージを送ってしまってもいた。

「ごめん。予定あった？」

時計を気にしたことに目敏《めざと》く気付き、小中野商店の看板娘は首をかしげる。セミロングの髪が流れ、右目の泣きボクロを隠した。

「予定はないけど、部活行きたかったなぁって」

「科学部だよね。なんか意外」

「え、おれだって理科に興味くらい――」

「だって部長、桂先輩でしょ。中学ん時の日下ってなんか、桂先輩のこと避けがちだったから。だから、意外だなって」

「それなら、小中野さんが『看板娘』なんて言い出してるのも意外だけど」

直接聞いたわけではないけれど、家業があることを負担に思っている気配はあった。一人っ子だから、否応なく継がなければならない、と。いっそ店仕舞いしてしまえば——とまで思っていたかは、中学の時の陽介には分からなかった。

「まあねぇ、潰れてもいいって思ってたけど。実際近所がシャッターだらけになってくると、なんかさぁ、これじゃ駄目なんじゃないかって。踏ん張ってみようかなって気になっちゃったのよね。お客さんもさ、小中野さんだからって言ってくれてるし。『日下』の足元にも及ばないけど、うちもうちなりに頼られてるのよ」

潰れていられないよね、と実千は笑う。

陽介は顔を隠すように眼鏡のブリッジにふれた。うつむいて、スマホを握りしめた。

(僕は……)

実千のようには考えられない。「日下」から逃げることばかりを考えている。同じように「家」を厭っていることを知ったから、桂月也のそばにいることを選んだ。

それは、実千だけではなく、誰も知らないことだ。

去年の夏に起こった連続放火事件と一緒に抱え込んだ、二人だけの秘密だ。

(先輩、まだいたりしないかなぁ)

握っていたスマホを光らせて、時計を確認する。微妙な時刻。行くだけ行ってみて、いなかったら電話でもかけてみようか。

声が聴きたい、なんて馬鹿げた理由で……。

「ねぇ、日下は死んだあとってどうなると思う？」

「え？」

「あーごめん。急だよね。でも、これもちょっと聞いてみたいなって思ってたの。死んだあとってどうなるのかしらね」

「やっぱり星にでもなるんじゃない？」

誰が言い出したのかも分からない俗説。死者は星となって見守っている。そんな慰めの物語など、月也だったら一刀両断するだろう。

死んだら微生物によって分解されるだけ。だいたい、星になるために宇宙に行くのに、どれほどの速度が必要になるか。そのためのエネルギーは――くどくどとした講釈を想像して、陽介はため息をついた。

つられたように、実千も息を吐き出した。

「やっぱりそうよね。死んだら星に、がきれいで妥当よね」

「……誰か亡くなったの？」

小中野家の葬儀の話は聞こえてきていない。入院中の話もない。それなのに何故、実千は死者を気にしたのだろうか。死にたがりの暗い目をした人物を知っている陽介は、無視できずに探ってしまう。

実千は、恥ずかしそうに頬を染めて笑った。

「なんでもないの。変な話してごめんね」

帰ろうと、実千はシャープペンシルを片付ける。ルーズリーフにまとめた予算案は、明日コピーしようということになった。

先に教室を出た彼女を追わなかったのは、なんでもないらしい死者の話よりも、死に魅入られている月也の方が重要だったからだ。

物理実験室。

月也は宇宙の本を手に寝落ちしていた。

教室内の壁際や廊下に、制作途中の大道具が並び始めると、いよいよ文化祭色が強くなる。それはまた、夏休みがもうすぐであることを、告げるものでもあった。

「今年はどうします？　去年みたいに先生騙《だま》して自主休校ですか」

「人聞き悪ぃな。騙したんじゃなくて、あいつが勝手に事実誤認したんだよ。そのせいで科学部は展示発表ができなくなったんだから、仕方ないですよねぇ」

ケラケラと笑いながら、月也はサイダーの蓋を開けた。微かに抜ける炭酸の音が夏らしい。放課後でもまだ明るい窓の向こうの入道雲がまた、いかにも青春らしかった。

月也には全く似合っていなかった。

前髪は重たいし、そこに見え隠れする瞳も暗い。爽やかなのは手元のサイダーと、真っ白な開襟シャツくらいだ。

「先輩ってなんか、青春とか投げ捨ててる感じしますね」

「え、じゃあ、連続放火件数更新とか目指す？」

「馬鹿じゃないですか」

ハァ、と大袈裟に息を吐き出して、陽介はアイスコーヒーのキャップを回す。一口飲んで、甘さにむせかえった。

「微糖じゃ……」

缶ボトルの側面を睨む。「極糖」という、初めて見る文字が並んでいた。メーカーも知らないものだ。高校内の自動販売機だから、安さを重視して売れ残った商品を入れていったのだろう。まったく、懐事情を逆手に取られている。

「そんな甘いの？」

黒い実験台の向こうから白い手が伸ばされる。「コーヒーがいません」と陽介は缶を渡した。興味深そうにパッケージを観察した後、月也は口に運ぶ。

「どうですか？」

「俺は平気。コーヒー感ないのは確かだけど」

「じゃあ、あげます」

「だったら、どーぞ」

代わりにサイダーのペットボトルを渡される。早くも生じている結露に滑りそうになりながら、陽介は受け取った。なんとなく、ボトルの中で弾ける泡を眺めた。

「あ、日下も感じる？　マルチバース」

「は？」

「多宇宙とも言うかな。宇宙はただ一つしかないわけじゃなく、炭酸の泡のように無数に発生しているっていう考え方」

「初耳です」

　適度に聞き流しながら、陽介はサイダーで口の中の甘ったるさを洗い流した。

「それだけ知識があるんですから、文化祭の展示くらい楽勝でしょうに」

「いやぁ、それが実は、今年も科学部は展示免除を獲得してるんですよ」

「……初耳です」

「本日発表だから。ホラ、俺って受験生じゃん。しかも推薦で、成績上位者対象の奨学生制度狙いだから、勉強時間寄こせって言ったらあっさりな。ったく、親が無駄に金持ってると学費免除するのも楽じゃねぇや」

「やっぱり、法律経済系行けって言われてるんですか」

「別に。ただ、趣味の理科に払う金はねぇって。もとから頼る気もなかったけど……親のせいで好きな道に進めない子どもを救済する制度もあればいいのにねぇ」

　コーヒーを飲んだ月也の顔は、ひどく苦そうだった。陽介はため息を誤魔化すように、サイダーを口に含んだ。しゅわしゅわとした微かな刺激に眉を寄せた。

「最後だから、先輩と文化祭まわってみたかったんですけど。無理そうですね」

「ひでぇな。お前って俺の学力が、一日遊んだくらいで落ちると思ってるわけ」

「……え？」

「でもなぁ。日下と文化祭って組み合わせがもう、事件呼び寄せそうだよな」

「それこそひどいですよ。先輩、僕にどういうイメージ持ってるんですか！」

「……苦労性？」

「なんでしょう。先輩にだけは言われたくない気がしました」

陽介が眉間のしわを深くすると、月也はケラケラと笑った。きっと、気苦労の源泉であることを自覚しているのだ。陽介は込み上げてきた炭酸を、ため息と一緒に吐き出した。

「ま、文化祭で何か奢ってくれたらチャラにします」

「無事に文化祭を過ごせればねぇ」

「だからぁ」

「日下ぁ！」

物理実験室に泣きそうな声が響く。「文化祭とか関係ねぇか」と、声を殺して月也が笑った。陽介は不機嫌そうに眼鏡を押し上げて、ドアに縋りついている声の主を見やった。

「なんだよ。ここは白浜《しらはま》が来るような場所じゃないだろ」

月也にだけ見せる「素」の自分をすぐさま隠した。

「理科嫌いなんだから」

「だけどー。日下がいるのはここだろ。ぼくは理科室に来たんじゃなくって、日下に頼みがあってきたんだよぉ」

入室許可を出す前に、白浜竜斗《りゅうと》は倒れ込むように陽介のとなりの丸椅子に座った。陽介はげんなりとした気持ちをサイダーで流し込む。月也は無関心を装って、数日前とは違う宇宙に関する本を開いた。

「実千に告ったんだけどさ」

突然の「告白」に、陽介はサイダーを噴き出しそうになる。むせながらボトルを実験台に置き、落ち着くために眼鏡を押し上げた。

「実千って、小中野さん？」

「ぼくが言う実千って言ったらほかにいないだろ。中学三年の体育祭で心を奪われてから二年、文化祭をバラ色にするために意を決したんだけどさぁ」

「玉砕《ぎょくさい》したんだ……」

ぽん、と陽介は竜斗の肩を叩く。どんな厄介事を持ち込んで来たかと思えば、慰めてほしかっただけのようだ。それなら場所を変えた方がいい。月也が本で顔を隠し、小刻みに肩を震わせている。失恋を笑い話にする気満々だ。

「まだ玉砕って決まったわけじゃない！」

竜斗は口を尖らせて、陽介の手を払い落とした。強がっているように見えるけれど、それなら「日下」を頼らないだろう。

「まだって？」

「条件が出されたんだよぉ。八月三十日午後七時四十分、学校上空に星を飛ばすことができたらOKしてもいいわよって。かぐや姫かよぉ」

姫様の可愛さがあるけどさぁ、という一言を付け加えて、竜斗は実験台に突っ伏してしまった。陽介はなんとも言えない気持ちを視線に込め、月也に投げる。本をおろしていた彼は、やれやれと肩をすくめた。

「かぐや姫が出す条件は不可能なものですけど。君に出された課題は、トリックでどうとでもなると思いますよ」

陽介同様、他人向けの口調で月也は語り掛ける。竜斗はがばっと起き上がった。

「ヤバ！　さすが桂さん。惚れそう」

「君の愛は小中野実千に全部向けてください。それで、トリックのためにいくら用意できますか？」

「文化祭あるから……五百、んー、千円？」

「小型ドローンは無理ってことですね」

バタン、と月也は本を閉じた。メッセンジャーバッグを漁り、ルーズリーフとペンケースを取り出す。一行目に「¥1000」と記した。

二行目に「八月三十日（水）十九時四十分　学校上空　星」とさらさらっと綴る。

「考えてみます。集中したいので、白浜くんは帰ってください」

「ありがとぉございます！」

歌うように竜斗は消える。遠のく足音はスキップしているようだ。陽介は頬杖をつくと短く息を吐いた。

「そっち向けの依頼ってわけですか」

親殺しを完全犯罪という形で実行しようと考えている、桂月也の。一見不可能と思われる状況を作り出すというのは、いかにもミステリーっぽい。日時まで指定されているところがまた、アリバイトリックのようだった。

「俺向けって、機械仕掛けは好きだけど。日下でも考えられるんじゃね？　低予算で星を飛ばす方法」

「そうですね。ドローンが無理なら、風船が妥当ですか」

「エクセレント。風船に小型のＬＥＤでもくっつけて飛ばせば、それっぽく見えるだろ。ちょうど夜が指定されてるし、風船は黒く塗っておけばいいかな」

「でも。いくら黒で誤魔化したって、小中野さんの目の前で飛ばしたら、さすがに星には見えないんじゃないですか？」

「それなぁ。できる限り白浜とは離れた場所で、でも、あいつの意図で飛んだように見せかけなきゃなんねぇのが肝だな」

「あと。どうやって黒くするんですか。風船って、油性ペン使うと割れましたよね？」

「ゴム風船ならな。アルミ製のバルーンなら……ヘリウムガス込みで千円じゃ足りねぇかな。百均で全部揃える感じでいくか」

月也はルーズリーフにペンを走らせる。トリックの材料調達場所として、百円均一ショップの名前を書き出した。その横に、町内で買うと怪しまれるので注意、と記す。

「百均といってても全部が百円ってわけじゃないですけど。そこで揃えられるなら、予算千円でも手の込んだことができそうな気がしますね」

「つってもねぇ。校内って縛りがあると……夜入れるのは校舎の中以外になるしな」

「じゃあ逆に、校舎の中から星が飛んでいけばサプライズになるんじゃないですか？」

「あー、いいなソレ。中だけど外な」

楽しそうに、月也は校舎の配置図を書き始める。

大雑把に言えば「コ」の字に、メインとなる三棟の建物がある。文字の向きのまま、上を北とすれば、南にあるのが生徒玄関や職員室、図書室といった南棟。北側の棟が一般教室で、東の棟が実験・実習室や音楽室、屋上などがある特別教室棟だ。四階からなる三棟とは別に、西側には二階建ての高さの渡り廊下がある。

それらに囲まれた中央部は中庭だ。中だけど外である通り、南棟と特別教室棟の間から入ることができる。とはいえ、月也が想定している場所は中庭ではなかった。

「やっぱ屋上だよな」

声を弾ませ、月也は甘ったるいコーヒーを口に運んだ。右手のペンは、特別教室棟の上に丸を描く。中に「屋上」と書き込んだ。

「屋上から風船を飛ばしたらエレガントじゃね？」

「どうやって入るんですか」

情報が増えていくルーズリーフを見つめて、陽介は首をかしげた。屋上への扉は常に施錠されている。貸し出しを頼んでも、学業的に意味がある場合にしか認められない。しかも、絶対条件は二人以上で使用すること、だ。落下防止用のフェンスが設置されているとはいえ、色々と危惧してしまうのだろう。

「どうって……」

月也は鼻で笑った。

「八月三十日の五日前、二十五・二十六日に何があるか忘れたんですか、日下くん」

「文化祭ですけど。確かに、文化的活動の一環なんてこじつけも甚だしく解放されますけど。その時に風船を仕掛けても、五日後にはしぼんじゃってるんじゃないですか」

「え、分かんねぇの？　日下の眼鏡って曇ってるんじゃね？」

「失礼って言いたいところですけど。今日は曇ってるかもしれません。微糖と見間違いましたし」

「結構イケるけど、これ」

月也は缶ボトルを軽く振った。さすが甘党だ。頭脳労働中だから、尚更口に合っているのかもしれない。

（間違って買った意味もあったかな）

少し報われた気持ちになって、陽介はペットボトルの中で弾ける泡に微笑した。

「当り前だけど、文化祭の日になんか仕掛けねぇよ。誰に何されるか分かんねぇからな。

ポイントは、直近で屋上に出入りできる状況があるってことだ。日下と白浜には三十日の放課後、屋上の鍵を借りてもらう」

「どういう理由で？」

「文化祭の時に落とし物をしたようだから確認したいって。先生と仲のいい日下くんが一緒なら、そうそう疑われもしないでしょう」

ケケケ、と月也は笑う。陽介は「そうですねぇ」と頬を膨らませた。

「僕の無駄な信頼が役に立つようで何よりですぅ」

「人望は大事にした方がいいぞ。それだけで容疑者から外れることもあっから」

「あんな大人しい人があんな事件を起こすなんて？」

「それは違うんじゃね？　容疑者になってんじゃん」

「そうですね。まあ、僕がインタビュー受けたら、彼ならやると思っていましたって、ちゃんと発言してあげますから」

「残念。インタビューなんて来ねぇよ」

完全犯罪だから、と微笑んで月也はコーヒーを口に含んだ。陽介はため息をついて、去年の夏には煙の上がっていた窓の向こうを睨んだ。

「いえ。事件が起きないから来ないんですよ」

「……名探偵め」

「違います。現に僕は、先輩が白浜のために考えているトリックが分かりません。犯行当日に屋上に侵入することができたとして、どうやって風船を遠隔操作するんですか？」

「そりゃあ、アナログチックに釣り糸だろ。屋上には落下防止用のフェンスがあるから、中庭から見上げても見えにくい下の方に置いといて、こう……」

言葉で説明するのに困難を感じたらしい。月也はルーズリーフに図示し始めた。

風船の口部分を洗濯ばさみではさむ。洗濯ばさみの輪に釣り糸を結び付け、格子状のフェンスの隙間から中庭まで垂らす。

「釣り糸を引っ張れば、格子よりも大きい風船は引っ掛かって止まるだろ。だから都合よく、洗濯ばさみだけが外れるって仕組み。あとは風船が、勝手にふわふわと飛んでいくってわけで」

「シンプルですね」

「結果的にな。ここまでシンプルならＬＥＤも使わないで、もっと単純にしてみっか」

「え。電球もなしに光りますか？」

「世の中にはね、蓄光テープというものがあるんですよ、日下くん」

それもまた百円ショップで入手可能だという。発光時間は短くとも四時間。八月三十日の日没時刻は十八時少しすぎだから、十九時四十分まで光らせることは可能そうだ。

「んー、光エネルギーってことを考えると、放課後より昼休みに仕掛けちまった方がいいかもな」

「だったら先輩が付き添ってやってください。お日様任せなら、僕は下手に関わらない方がいいでしょう」

「面白いくらいに雨男だもんな」

ケラケラと月也は笑う。陽介は苦笑して、サイダーを飲み干した。

「うまくいくといいですね」

「まあな」

「そこはもっと自信過剰になるとこじゃないですか」

桂月也が考えたトリックが失敗するはずがない、くらいに。けれど、月也は自信なさげに重い前髪をつまんだ。

「量子の世界ってのはさ、観測されるまで分からねぇんだよ。机上でどんなに理論を組み上げても自然は軽々と不可思議を見せ付けてくる。それは自然がおかしいんじゃなくて、科学者の方に問題があるんだ。要するに、驕《おご》りは禁物なんだよ」

「先輩のそういう科学者であろうとするところ、僕は好きですよ」

「……………」

「大胆さに欠けるから。決定的なところで完全犯罪を実行できないんでしょう？」

「これでも一応、連続放火犯だけど？」

「でも。僕に見つかった程度で止めちゃったじゃないですか。もし僕の存在が、机上の理論を超えたイレギュラーな自然であったなら光栄です」

「……名探偵め」

「違います」

微笑む陽介の前で、月也はため息をつく。ルーズリーフをもう一枚取り出し、白浜竜斗のためのトリックを清書した。

蓄光テープを使って風船に描く模様は、竜斗の自由に任された。


——自然は軽々と不可思議を見せ付けてくる。

ある意味でそれは、預言だったのかもしれない。八月三十日午後七時四十分のトリックが成功し、晴れて竜斗と実千の交際が決まった翌日。

「日下くん。お化け探しを手伝ってほしいんだけど」

放課後の物理実験室に、奇妙な依頼が舞い込んだ。依頼主は平内《ひらない》菜々美《ななみ》。陽介と同じく二年生で、中学も同じ、地元進学組だ。

「……お盆は終わったと思うけど？」

しっかりと「無糖」と表示されたペットボトルの紅茶を一口飲み、陽介はげんなりとした気持ちで頬杖をついた。しばらく前、竜斗が座った場所と同じ椅子で、菜々美はうつむく。月也よりは軽いけれど、それでも鬱陶《うっとう》しい前髪が垂れた。

「分かってる。でも昨日、見ちゃったから。学校の屋上から飛んでくお化け」

どうやら気に入ったらしい、あの日の甘いコーヒーを飲みかけていた月也がむせた。陽介もそわそわと視線をさまよわせる。

（それって……）

昨日のトリックだ。分かっていながら、陽介は白々しく問いかけた。

「えっと……どんなお化け？」

「うん。正確に言ったら、お化けって言うよりは星なんだけど。ほら、十字に一本足したみたいなマークみたいな」

「アスタリスク」

月也がどうにか落ち着かせた声で助け舟を出す。菜々美は「へぇ」と、長めの前髪に見え隠れする目を見開いた。

アスタリスク「＊」。それは竜斗が、蓄光テープで風船に描いたものだった。

星をイメージして。

「それは、変わったお化けだねぇ、桂さん」

「ええ。平内さんはどうして、お化けを目撃することになったんでしょう？」

「それは……」

菜々美は声を落とし、スカートのプリーツを握った。さらに落ち込んだ声で、

「命日だったの」

「……命日？」

「ポーラ……うちで飼ってた柴犬なんだけど。去年の昨日、事故でね。だから、昔みたいに、昔と同じ時間に散歩コースを回って、同じように空を見上げたりしてたの。そうやっ

て思い出してあげるのが、一番の弔《とむら》いだよって実千に言われたから」

「実千って、小中野さん、だよね」

そうだけど、と菜々美は不思議そうに首をかしげた。

陽介は戸惑いに息苦しさを覚える。誤魔化すために冷えた紅茶を流し込んだ。それでも落ち着かず、デイパックからスマホを引っ張り出した。

菜々美に悪いと思いながら、月也にメッセージを送った。

【もしかしたら、僕のせいかもしれません】

【は？】

【小中野さんに聞かれて。死んだら星になるのが妥当だろうって、そんな話を】

【いつ？】

【白浜が告白する前】

【つまり】

メッセージを途切れさせ、月也が顔を上げる。陽介は、前髪に隠されがちでも分かる視線を受けて、頷いた。

文化祭の準備が始まる頃、小中野実千が陽介に掛けた問いは、平内菜々美の愛犬に関するものだったのだ。命日が近付く中、菜々美は寂しがり、落ち込んでいたのだろう。そんな彼女を励ます方法を実千は探していた。

思い付かないまま日々は過ぎ、実千は白浜竜斗に告白される。

初めからOKするつもりだったのか、本当にトリックを成功させなければならなかったのかは分からない。実千は竜斗の好意を利用し、菜々美を励ます方法——彼女とポーラの散歩コースに星を出現させるトリックを考えさせた。

そして、八月三十日午後七時四十分。

実千の計画通り、菜々美は不自然な「星」を目撃する……。

「あのね、平内さん。昨日見たのはお化けじゃなくって、星になったポーラだったんじゃないかなぁって思うんだけど」

「実千も同じこと言ってたけど。星になって見守ってるよって意味だと思うって……だけどさ、それって人間が作ったおとぎ話でしょう？　犬にも通用するのかなって」

「あー、そうだね……」

お化けを信じるくせに、なんという現実主義だろう。陽介は頭を抱えたい気持ちで、ちびちびと紅茶を飲んだ。

「でも、成仏できないとかなら、犬も人も関係ない気がするから。ポーラ、寂しがりだったし。だから、お化けになっちゃったのかなぁって。ひとりぼっちであの世になんか行けなくて……」

「いえ。それこそ犬も人も関係なく、星なんですよ」

芝居がかった仕草で、月也が立ち上がった。

開けておいた窓辺に立ち、入道雲のない空を見上げる。頼りない夕方の風に癖の強い髪を揺らした。何かを見つけたように、白い指先で天を示した。

意味ありげな仕草に、実験室内の空気が変わる。

「死んだら星になるのではありません。死んだ星がぼくたちを作っているんです」

ハスキーな声が場を支配した。

「死んだ星が」

「わたしたちを？」

ええ、と空を仰いだまま月也は微笑んだ。もしかしたらその目には、青さの残る大気の向こうに広がる、幾千幾万の星が見えていたのかもしれない。

「宇宙の誕生時に作り出されたのは、水素やヘリウム、リチウムといった軽い元素ばかりでした。それらが宇宙の温度が下がるにつれて集まり、密度が高まり、星になっていきます。そうして星の重力下で、ぼくたちにも身近な元素が生成されていくわけですが……いずれ星も寿命が尽きます」

そうして死んだ星の破片が集まり、また新しい星となる。元素の種類が増え、生命に必要なものもいずれかの段階で発生する。

誰も見たことのない、宇宙と生命の神秘だ。

「ですから、ぼくも日下くんも、平内さんも、もしかしたら同じ星の元素を含んでいるのかもしれません。そしていつか地球が終わった時、平内さんとポーラが何かを生じさせる元素になるのかもしれません」

天に向けていた手を、月也はそっとおろした。

「それが、星と死にまつわる約束事です」

「……じゃあ、寂しくないかな？」

「ええ、まして」

月也は下ろした右手の人差し指で、再び空を示した。

「ポーラにはポラリス、北極星という意味もありますから。天の導き手を信じてあげなくてどうするんですか。いつかきっと、遠い未来でまた一緒になれますよ」

そっか、と菜々美はうつむく。スカートを握りしめる彼女の手には、ぽたぽたと雫が落ちた。声を殺した涙に、陽介と月也は静かに付き合った。


「……あ、とっくに二時過ぎてますね」

昔話を終わらせて、陽介はスマホの時計に微笑んだ。月也もなんとなく、腕の時計に目を落とす。予定時刻を過ぎても連絡がないということは、エンゲージリングの彼は、自力で彼女の指のサイズをゲットしたということだ。

「つまんねぇな」

思わず呟いて、月也はカフェオレのカップを傾ける。いつの間にか空になっていた。物足りない気持ちをタバコで満たそうと、ベランダに向かった。

雨が降り始めていた。

　ふと、濡れてみたくなって、落下防止柵に背を預ける。喉《のど》を反らして、瞼《まぶた》で雨を受け止めた。十月の雨にはもう、夏のような熱さはなかった。

「風邪引きますよ？」

「管理栄養士がいるから大丈夫」

「自己管理してください」

　呆れたようなため息をついたくせに、陽介もまた、錆びた柵をきしませる。月也は細く目を開けた。睫毛にかかる雨粒を重く感じたものの、そのままにして、加熱式タバコを握った。

「あれ、ハッタリだったんだよ」

「ん？」

「ポーラって名前がちょうど使えたからさ。星に絡めてそれらしく語ってやれば、情動に訴えられるかなぁって。それで納得させることができれば、風船のトリックを守れると思ったんだ」

　雨に向かって、月也は煙を吐き出す。

　あの日の月也にとって大事だったのは、自分が考えたトリックの方だった。平内菜々美の気持ちなどどうでもよかった。

　ただ、トリックから気を逸らすためだけに、芝居がかった素振りで理科を披露した。

「だいたい、地球が死ぬまでの間に、元素は再利用されんだよ。地球なんてほとんど閉じた系みたいなもんだから。死んで、分解されて、植物になって、食って食われて俺たちの体を構成してる」

「……食物連鎖ですね」

「ああ。原子の数で考えたらもっとすげぇよ?」

ひゅうっと、月也はわざと陽介に向かって煙を吐いた。眼鏡に水滴を付けた同居人は、迷惑そうに頭を振る。前髪の先から雫が飛んだ。

「一回の呼吸で何億、何兆って数の原子を吐き出してる。そいつを地球上にばらまいたとすれば、例えば、アインシュタインが吐き出した息の原子を俺が吸ってるってことにもなるんだよ」

「壮大ですね」

「ああ。だから、星と死の約束を果たす前に、とっくに別のもんになっちまってるんだよ」

そうですか、と頷いた陽介の手が、加熱式タバコを取り上げる。慣れない手つきで口に運び吸い込んだ。きつそうにむせてうつむいた。

「どうしても先輩は」

咳の間に呟いた。

「そういう人なんですね」

「……」

「いい話で終わらせてくれないんだもんなぁ」

ため息をついた陽介は、濡れたアイアンテーブルにタバコを置いた。室内に戻る背中を見つめて、月也はきつく眉を寄せた。

（そういう人、か……）

再び雨を仰いだ。

心を取り巻くドロドロとしたもののことが、急に分かった気がした。これを観測するための波長は、言葉は「桂月也」だ。

どうせ、血の存続のためのパーツでしかないと、気に掛けてこなかった。

どうせ、家族として認められていないからと、放ったらかしにしていた。

どうせ、死んでしまうからと――

（もし俺が、生まれつきの犯罪者だったとしたら……）

陽介が言うように、企んでいる時の方が「生き生きしている」のは、そういう性質だからだ。清美に殺されかけたせいでも、家族にないがしろにされたせいでもなく、桂月也そのものが「そういう人」だったから、完全犯罪という解決法に憑《と》りつかれた。

「死にたいのもそういうこと？」

雨雲に向けて月也は手を伸ばす。白く、細く、頼りない手にも雨粒は容赦なかった。同じように容赦のない、脳科学の本を思い出した。

殺害――暴力は、生存本能に近い。脳の構造としては古いもので、感情任せの動物的なものだ。人らしさを作り出している新皮質は、それらを内に押し込んで、外側に後付けされた機能と言える。

感情や本能すら抑制し、遺伝子にすら逆らおうとし、いわゆる倫理や道徳を司るような脳。「正義」とも言えるような新しい脳は、人間的ではないもの、後世に残さない方がいいと思われるDNAを排除しようとする。

社会不適合の犯罪者など死んでしまえ、と訴える。

(まじかぁ……)

腕を下ろし、月也はしゃがみ込んだ。これだからずっと、落ち着かなかったのだ。こんな奴が陽介の「家族」であっていいのかと、不安だったのだ。

まして宇宙が、相互に影響を及ぼすものだとしたら。月也が陽介の存在によって、教員の可能性を見出されたように、陽介が犯罪者になってしまうこともあり得るのだ。

(いや、もう、共犯者にしてるし……)

月也はぐしゃぐしゃと髪を掻き乱す。夏の出来事も、生まれながらの犯罪者だったために、マトモな解決策を考えられなかった結果なのかもしれない。

「………」

とても「ふつう」とは思えなかった。

だから目を逸らし、ドロドロとした気配に気付いていても、観測しようとしなかった。

自分自身から逃げようとした。

けれど、いつまでもそうしてはいられないようだ。観測するための波長に気付いてしまったから、もはや目も逸らせない。

（俺は……）

どうしたらいいんだよ、と膝を抱く。その上に、ふわりとバスタオルが降ってきた。少しだけ顔を上げると、濡れた前髪の向こうで陽介が呆れていた。

「本当に面倒くさいですね、先輩は」

「……………」

「戻りましょ。甘いホットミルク作りましたから」

差し出された手を、つい、掴んでしまう。親指の付け根に傷を持つ手から流れてくる熱量に、月也はもう一度自問した。

――陽介の「家族」として相応しいだろうか？

そして……本当に、生まれながらの犯罪者であるのだろうか？

（調べるか）

科学の徒として。できることは観察と考察。自分自身のことも、実験を通して見つめ直せば、知ることができるだろう。

そしてもし、不適合者だと結論が出たならば――

（死ねばいいんだ）

新皮質――人間らしい脳の要請に従って。これ以上陽介に悪い影響が出てしまう前に、失踪してしまおう。今度こそうまく、彼を騙して。

（どうせ、生きることに未練なんてねぇし……）

二人掛けの臙脂色のソファ。頭からタオルをかぶったままで口にしたホットミルクは、泣きたくなるほどに優しい味だった。

＊ファミリー［family］家族

第2話　月齢十八・七　キュリオシティ

【理系】あなたのお悩み解決します！【探偵】

家にいる時間が長くなって、これまで気にならなかったことが、急に気になったりしていませんか？

そんな「家庭内事件」をバッチリ解決しちゃいます！

どんな些細なことでもOK！　我らが理系探偵が、すっきり論理的にご回答！

例えば……どうしてベランダ菜園は失敗するんだろう？

例えば……どうしたら、サプライズを与えられるだろう？

例えば……どうしたら、心のわだかまりを消せるのだろう？

などなど、どんなことでもオールオッケー！　この際、知人に聞くのはどうもな、と思うことを相談してみちゃいませんか？

せっかくだから、あなたを曇らせる悩み事を、すっきり晴らしてしまいましょう！

一件五百円から受付中です☆

十月六日。陽介が朝食を作っている隙に、月也は「理系探偵」の紹介文に手を加えた。自分を観察する〈実験〉のために、依頼人の傾向を変えることが目的だ。

これまでの、探偵らしい「起きてしまったこと」を解き明かす依頼だけではなく、こちら側が「企む」ような案件にもふれてみたかった。そうすれば、桂月也の傾向がつかめるだろうと考えたのだ。

（これくらいなら陽介にもバレねぇかな）

液晶テレビのそばから伸びる充電コードに挿したまま、変更したのは二行だけ。違和感がないかを確かめるために読み返した月也は、ふと短く笑った。

理系探偵の始まりは、緊急事態宣言だった。

大学もバイトもなくなってしまい、時間ばかりを持て余すこととなった中、暇潰しと、ちょっとした小遣い稼ぎをしようと、陽介が始めたのだ。儲けになっているかと言えば微妙なところではあったけれど、細くとも「外」とのつながりを保てたのは意味があったのかもしれない。

それほどに、新型感染症流行初期は息苦しかった。

部屋に押し込まれ、隔絶された中で、先輩後輩程度の他人が同居を続けられたのは、依頼という形で話題が提供され続けたからだ。

この半年を思い返して、月也はそっと左右に首を振った。理系探偵なんて、きっと関係なかった。

日下陽介だったから、だ。

他の誰とでも、あるいは一人暮らしでも、破綻したに違いない。比べることができない以上、仮説にもならないけれど。

「依頼でも入ってました？」

短いため息とともに、リビングテーブルの端にスマホを置いた時だった。両手にご飯茶碗を持って入ってきた陽介が首をかしげた。月也は「いや」と短く答えて立ち上がった。

「お前のもＷｉ‐Ｆｉ設定してただけ」

嘘でもない。先日、月也はＷｉ‐Ｆｉ契約を結んでいた。感染症の収束が見えず、フリーＷｉ‐Ｆｉのためだけに出掛けるのも億劫だった。

それでも、さすがに収入がなければ諦めていたけれど。理科大学のコネによって、月也はタイムリーなアルバイトをしている。

ＰＣＲ検査補助。

元は生命工学、遺伝子関係の研究施設でしかなかった場所は、感染症に際して施設の一部開放・拡張をした。公的機関ではなく民間の検査施設であるため、宇宙物理学専攻の月也でも使ってくれている。大学連携ということもあって、授業日程やレポート状況に合わせて、シフトを融通してくれる柔軟性もあった。

それでいて、需要と供給の兼ね合いや、仕事量の多さから、バイト代はいい方だった。Wi-Fiを契約しようと思えるくらいには。

「僕まで便乗していいんですか？」

丸いリビングテーブルに茶碗を並べ、陽介は申し訳なさそうに眉を寄せる。胡坐をかいて、月也は、陽介の部屋のふすまに向かって呟いた。

「いいよ。家族……」

言葉を続けられなかった。口の中に苦みが広がり、それでいて一瞬で乾き、喉が詰まった。不安定な心を誤魔化すために奥歯を噛む。陽介はどう思ったのか。

「ありがとうございます、先輩」

いつものように落ち着いた声で、キッチンに戻っていった。

朝食のメインは、においからでも分かっていた通り焼き鮭だった。あとは玉子焼きと切り干し大根、なめこの味噌汁にキュウリとキャベツの浅漬け。旅館かと錯覚しそうになるメニューを気楽そうに準備してしまうのは、陽介の専攻が家庭科だからだ。こんな食事を出され続けたら、いやでも風邪を引きにくくなるだろう。

「……なんか、卵焼き少なくね？」

きれいな焼き色の一切れをつまんで、月也は首をかしげる。鮭の骨を取り除きながら、陽介はどこか誇らしそうに笑った。

「ついでにお弁当も作ったので」

「へぇ。そっちも対面授業始まったんだ？」

「まだですよ。実技優先でシラバス組み直すって話ですけど、半年間何してたんだって感じですよね。せめて前期中に後期日程くらい考えといてくれてもよかったのに！」

鮭と一緒に愚痴を白米に載せて、陽介は頬を膨らませる。プリズムのように表情を変える横顔に、月也は微かに笑った。

「大変だねぇ」

「まあ、分からなくはないですけど」

教育学部は実習先の問題も出てくる。小学生、中学生に感染させたとなったら責任問題だ。同じく教育学部を有する他大学の様子を見て、できる限り、当たり障りのない方法にしようと必死なのだろう。

「だから、先輩用のお弁当です。今日の講義、昼前後に入ってるって言ってたでしょ。学食は安い方ですけど、自作の方が節約になりますし。あ、迷惑でした？」

「いや……」

「だったらもっと、手の込んだの作ってみよっかなぁ。キャラ弁とか」

「それは勘弁」

「冗談ですよ」

ケラケラと笑いながら陽介はテレビをつける。感染症が流行しても変わらず、アナウンサーはそこにいた。変わったことと言えば、人との間を仕切る、無色透明なパネルくらいだろう。マスクすら付けていない。

『アメリカは十二月までに、新型感染症ワクチン三千万人分の用意を――』

この半年で、最も特別なことでもあるかのように、アナウンサーは声を弾ませた。ワクチンが普及すれば感染症に対抗できる、と考えているのだろう。

「すごいですよね。春頃は何年も先になるって話だったと思うんですけど」

「まあ、ベース研究自体は前々からあったやつだからな。ここまで市場が拡大すると、いかに早く流通させるかが儲けの鍵になるからなぁ」

「……先輩のそういう視点、僕は嫌いじゃないですけどね」

呆れた様子で陽介は味噌汁をすする。その眉間のしわが、急に深くなった。

「しまった。ネギ入れ忘れた」

「あー、なんか物足りなかったのってそのせいか」

「すみません。夕飯の時には足しときますから」

しょんぼりと、陽介は味噌汁椀を置く。たぶん、弁当作りと同時に処理したせいで、注意が行き届かなかったのだろう。無理しなくていいのに、という言葉を、月也は薬味のない味噌汁で呑み込んだ。

言ったところで、彼は無理などしていないと返すだけだ。そして実際そうなのだ。好きでやっていることに違いなく、ミスはわざとではない。

「……ネギ抜きでも、俺は嫌いじゃないけど」

先ほどの陽介の言い方を真似てみる。顔を向けてきた彼は、べっこう色の眼鏡の向こうの目を細めた。

「お弁当、また作ってもいいですか」

「……うん」

学食より美味いし、とは口にできなかった。


埋畑の指示で時間割に入れた「ベイズ統計学」は、人数制限をかけるまでもなく人気がないようだった。初回の今日は、通常の確率・統計学とは違うベイズ統計学が、どのように認知されていったかという歴史で、月也はほとんど睡魔と戦っていた。

（やべぇ、単位落とすかも……）

どうにか九十分の講義を耐え抜いたものの、統計学教授との相性は悪そうだ。あくびが止まらない。だからといって、ブラックコーヒーを飲めない月也は、自動販売機でホットのほうじ茶を購入する。弁当持参で食堂に行く気にもなれず、フランス式庭園のベンチに向かった。

今日はよく、晴れていた。

視界にはないのに、金木犀の香りがした。

（サークル入ってたことあったんだよな……）

香りに誘われて思い出すのは一年の頃のことだ。やたらと押しの強い先輩に巻き込まれて、量子コンピュータ研究サークルなどという大層なものに属していた。たった半年で、サークルそのものがなくなってしまったけれど……。

「やっぱ桂じゃん！　元気してたぁ？」

おにぎりを包むアルミホイルをはがしたところで、月也は動きを止めた。

以前と変わらない、プリンのような金髪に黒い不織布マスク。月也とは正反対に軽く陽気な声の彼は、四年生、朝井永一《あさいえいいち》だ。何事もなければ接点ができることもなく、他人のまま卒業していただろう永一もまた、かつて量子コンピュータ研究サークルに所属していた。

「お久しぶりです……」

「ホント、久しぶりだよなぁ。ちょうど二年ぶりくらい？」

パサパサとした金色の毛先を揺らし、永一は首をかしげる。月也はうつむくように頷いた。二年経ったのか、と思う鼻先を金木犀が香った。

「アレも秋だったもんな。しかも現場か、ここ」

複雑そうに笑って、永一は花壇に視線を巡らせる。月也も、箸の先を見つめていた目線を、揺れる秋桜《コスモス》へと移した。

庭園を彩る花々は、二年前、一夜のうちにごっそりと盗まれた。

量子コンピュータ研究サークルを発足させ、月也を無理矢理仲間にした、代表者水渓《みずたに》の手によって。水渓が罪を告白し、自主的に退学した結果、サークルは解散することとなった。

「水渓の奴、なんだって花泥棒なんてしたんだろうなぁ」

ぽつり、と永一は呟く。秋風に消えるほどささやかな声だったのは、心から知りたいことではなかったからかもしれない。

この場に本人がいない以上、憶測しか語れないことを分かっていたからかもしれない。

（水渓先輩は……）

「それよりそれ、愛妻弁当？」

水渓の罪について考えていた月也の思考は、永一の興味深そうな声に遮られた。今にもつまみ食いしそうな勢いがあるのに、ソーシャル・ディスタンスはしっかりと保たれている。月也がマスクを外している分、永一が鼻の上までしっかりと装着し直したくらいだ。

「妻じゃありません。同居人が料理好きなので、朝食のついでに作ってくれただけです」

「ついでで真っ赤なタコさんウィンナーは入んないだろー」

「……」

それは月也も思ったことだ。三食のメニューを考える陽介は、月也の時間割を把握した段階で、弁当作りを決めたのだ。そうでなければ都合よく、弁当サイズのウィンナーを用意できるはずがない。おにぎり用の海苔も、彩りを添えるミニトマトも、普段はあまり買わないものだ。

わざわざ作ってくれたものなのだ、このお弁当は。

「赤・黄・緑、色合いまで考えてくれてんじゃん。ちゃんと感謝しとけよ。癪だけど、あいつよりも美味そうな弁当なんだからさ」

「あいつって……朝井先輩の方は、まだ、同じ彼女さんと？」

「まだって失礼な言い方だなぁ。オレとあいつは高校から交際してんのよ？　感染症なんかで切れるような、ひ弱な赤い糸のわけがないんだよ」

　この通り、と永一は右手の小指を立てる。

　良好な関係を見せ付けようとする指先は、わずかに震えているようだった。付け根には細いリングがはまっていた。

　彼女とお揃いのピンキーリングなのだろう。月也はどことなく違和感を覚えながら「ごちそうさまです」と笑っておく。ほうじ茶で喉を潤した。

「でも、大変ですよね。遠距離ではなかなか、会うことも叶わないでしょう」

「まあねぇ……」

　永一は、濃い眉毛の下の目を伏せる。そこはかとなく漂った黒い気配に、先ほどの違和感が膨らんでいく。月也はゆっくりと瞬いた。

「朝井先輩？」

「まあ、でもホラ。今はバーチャルってもんがあるから。何百キロ離れていたってさ、一瞬で渋谷デートできる時代だから」

「でも、バーチャル渋谷ってまだまだ発展途上って感じですよね。店舗も利用者も少ないでしょう。本物の賑わいには敵わないと思いますが」

「へぇ、桂でも興味あったんだ」

「性能面で、まぁ」

そっと月也は語尾を濁す。

SNSと同じような匿名性を持ちながら、自由に動けるアバターの分だけ「リアル」に思える空間だ。しかもオンラインゲームのような異世界ではなく、実在する町であり、渋谷区の後援もあるとなれば、いっそう現実との境界線を曖昧に感じる人も出るだろう。

バーチャルではなく、日常の延長線だと……その「勘違い」を利用した事件でも起こせないかと興味を持ってみたけれど、どうでもよくなってしまったのは、時期の問題だ。緊急事態宣言のせいで無料Wi-Fiも使いにくくなり、家にいれば陽介がいて、何かを企むどころではなかった。

「朝井先輩には楽しめる場所なんですね」

「まあね。オープンした五月十九日からのユーザーだからね。初日の延べ五万人クラスの賑わいってわけにはいかないし、仮想現実なんてホンモノじゃないんだろうけど、彼女と二人で『渋谷』にいるってだけで嬉しいからね。そんくらい特別だからね」

そうですか、と月也は適当に相槌を打っておく。こういう時、どういうリアクションが正しいのかよく分からなかった。

相手は踏み込んで聞いてもらいたいのか、聞き流すだけで充分なのか。

（陽介ならな……）

隙間風のような苦い気持ちを、玉子焼きと一緒に呑み込む。永一は月也の態度など気にせずに、ピンキーリングをはめた小指を握りしめた。

「田舎者同士、なんか渋谷ってだけですげぇって思って、憧れてたからねぇ。ここでなら変われるんじゃないかって調子に乗って、勢いで告ったらオッケーしてくれたんだよ。そのままノリでお揃いのピンキーリング買ったりさ。渋谷マジック的な？」

「そうですね……」

正直、月也には何がマジックなのか分からなかった。ただ、馴れ初めを語るには暗い瞳だけが気になっていた。

（痴話喧嘩でもしたんだろうな）

きっと永一は、愚痴を聞いてもらいたくて声を掛けてきたのだろう。だとしたら相手が悪かったと、月也はほうじ茶をすすった。陽介のような「聞き役」にはなれない。

自分がなれるとしたら――ふとよぎった想像を、月也はゆっくりと瞬いて忘れようとする。その耳に届く永一の声は、やはり不安定に揺らいでいた。

「あれもハロウィンだったなって。仮装まではしなかったけど、場の雰囲気がさ、いつもの自分じゃない自分にしてくれたんだろうなって。特別な人になれた気がして。特別な始まりになった気がして、それがかえって今は……」

永一は言葉をため息に変えてしまった。ますます深刻そうにうつむいた横顔を、月也は何も言わずに見つめる。永一の目は、必死に涙を堪えているように思えた。

「終わりは美しくありたいよねぇ……」

「終わり？」

「ほら、オレももう卒業だし？」

恐らく彼は話を逸らした。

彼女との関係の中に、根深く、暗いものを抱えているのだろう。隠そうとしても失敗している、滲み出る負の気配をどう扱うか考えあぐねながら、月也はおにぎりをかじった。

答えが出る前に、永一が話を進めてしまった。

「イイトコに就職して、イイカンジの将来にしておきたいじゃん。いやぁ、ホント、感染症の唯一の恩恵だよねぇ。だいたいリモートで済んじゃうってさ」

これまでは、相手の場所まで出向かなければならなかったから、移動費だけでバイト代が消えることもあったという。それがパンデミック以降、家にいながら就活できるのだから便利だと、永一はカラカラと乾いた声で笑った。

「桂もさ、リモート面接で困ったら相談してくれていいからな。カメラと光の扱いについては、絶対お前に負けねぇから」

「光学専攻の先輩に喧嘩を売るほど、ぼくは愚かではありません」

「ナイス判断！　じゃ、悪かったな。せっかくの愛妻弁当の邪魔して」

ピエロを思わせる大袈裟で嘘くさい足取りで、永一はフランス式庭園を離れていく。一人に戻った月也は、永一が残していったざらつく気持ちを棄て去るように、深く息を吐き出した。

（類は友を呼ぶのかねぇ……）

仄暗い何かを抱えている様子の朝井永一も、量子コンピュータ研究サークルだった。代表だった水渓は、花泥棒となって去っていった。

そして、自分は……。

（だから居心地が良かったとか？）

そんな先輩ばかりだったから……思った月也は、奇妙なことに気が付いて笑った。

（先輩って……）

部屋の中では――陽介と二人の時は、いつでも自分が「先輩」だ。感染症はそんな、先輩時間ばかりを作り出した。だから、永一とのやり取りが妙に新鮮だった。

おにぎりをかじる。こんなにも塩加減が好みであることが沁みた。

（感謝かぁ……）

返しきれないほどのものを受け取っている自覚はある。まして、梅雨に完全犯罪を阻止されてからは尚更に。

「俺は何をしたらいいんでしょうねぇ、水渓先輩？」

庭園に咲く花に問い掛けてみる。当然、答えなどない。

それでも……示唆するように、事件の頃と同じ金木犀の香りをまとう風が、色とりどりの花びらを散らした。

——何かこう、パーッと華やかなものでも見たかったって言いますか……。

新月の夜。陽介が望んでいたことを思い出した。

(花火、打ち上げられねぇかなぁ)

大会が軒並み中止となり、花火師も苦しい思いをしているという。それなら個人のために、上げてくれたりするかもしれない。予算さえあれば。

(どうせ高いんだろうけど)

調べるだけならタダだ。月也はメッセンジャーバッグからスマホを取り出す。陽介からメッセージが来ていた。

【授業中だったらすみません】

謝罪のあと、理系探偵への依頼が転送されていた。


【ニックネーム　モルモットじゃないさん】

こんにちは、理系探偵さん。

新米の季節になると思い出すことがあります。これまでは、なんとなく日常に追われているうちに忘れてしまっていましたが、新型感染症のせいでしょうか、気を紛らわせることが減ってしまいました。

だから、どうしても、忘れてしまうことができなくて……。

こんな風に思い出し続けるくらいなら、いっそもう、解決してもらおうと考えていたところ、理系探偵さんに辿り着きました。

あれはもう、三十年は前のことになるでしょうか。私が小学六年生の頃の、収穫シーズンのことでした。

六年生（田舎の学校ですので一クラスしかありませんでした）は、教室でハムスターを飼っていました。白と茶色の、いかにもハムスターという感じのハムスターです。名前はなんだったでしょうか。忘れてしまいました。

ある月曜日の、朝のことでした。

みんなのハムスターが殺されたのです。

当然、犯人探しが始まりました。金曜日の放課後、土日分の餌を準備した、Sちゃんが犯人だろうということになりました。ハムスターに最後に関わったのが、Sちゃんだったからでした。

Sちゃんは、自分は犯人じゃないと言い張りました。

でも、誰も信じてはくれなくて……Sちゃんは学校に来なくなりました。そしてそのまま、どこかに転校してしまって。それっきり。どうなってしまったのかも分かりません。

クラスのみんなも、犯人を懲らしめたと盛り上がるばかりでした。

どうして誰も、Sちゃんを信じてあげなかったのでしょう。今思うと不思議でなりません。Sちゃんがハムスターを殺すような女の子だなんて、あり得なかったはずなのに。

証拠だってありませんでした。

新米の季節のこの謎を、理系探偵さん、解いてくれませんか？


午後一番。三人だけの埋畑ゼミのディスカッションを終えると、月也はスマホを取り出した。陽介から悲鳴が届いている。

【とりあえず、一番に「殺された」って言った奴が真犯人】

【どういうことですか！】

予想通りの反応がおかしくて、月也はマスクの中に笑いをこぼした。

教室と呼ぶには小さい、白い円卓が一つにオフィスチェアが五脚、壁の一部がホワイトボードになっているだけの部屋のアルコール消毒を済ませ廊下に出てきた埋畑が、興味深そうに瞬いた。

「桂くんはなんだか、感染症の生活に馴染んでいるような印象があるねぇ」

「そうですか？」

「なんとなくね。不安がっているようにも、悲観的になっているようにも見えない。うちはなるべく対面授業をしようって方向に舵切ったけど、そうじゃない大学も多いでしょ。そういうところは、特に一年生は、どうしても孤立しちゃうからねぇ。四年生は就職活動に追い詰められているみたいだし」

埋畑は背中で両手を組んで歩きだす。促されるように月也もその後に続いた。

「見えてはいるんだよ。学生ばかりが割を食ってるってね。まして大学生は、都合よく大人扱いされて、自己責任ばかり押し付けられてねぇ……ごめんねとは思うけど、ぼくだって研究費をもらってるだけの組織の一部でしかないから、無力さを感じるよ」

自身の研究室のドアの前で、埋畑は月也に背を向けたまま苦笑した。

「しかも宇宙物理学でしょ。地球上が困ってるってのに何やってんだろうって虚しくなることもあったよ。生物や薬学みたいに特効薬の研究をできるわけでもないし、量子論の知識があったってコンピュータに携わってるわけでもないし。何十年って研究人生の中で、初めて自分に懐疑的になったんだけど……桂くんのレポートが面白かったんだ」

「ぼくの……」

「正直、課題としては不可にしてもいいような『可』ってレベルだったけど」

「え……」

「だってねぇ、情報物理っぽさなかったからね。君は何を伝えたいんだろうって考えて、もしかしたらホログラフィックな視点なんじゃないかって気付いて、いやいや、コイツは単純に『物理学で生きてるだけ』って分かった時には、エクセレントって叫んでたね」

埋畑の背中を見つめていた視線を、月也はそっと落とした。褒められているのか、たしなめられているのか分からない。

「こんな時代に純粋に物理を楽しんでいられるって、この上なくエレガントでしょ。ぼくもそれでいいんじゃないかって教わったんだよ。だから君は、それを可能にしたものを大事にしなければいけないよ」

「……」

「物理は関係性の学問だもの」

では、また来週。埋畑は振り向くことなく手をひらめかせ、パソコンデスクに向かっていった。ドアを閉めない理由は、今更言葉にするまでもない。

（俺が大事にしなければならないもの……）

研究室から下りの階段へと向きを変える。手の中のままだったスマホは、既に暗くなっていた。指紋認証でセキュリティを解除すると、ハリネズミのイラストが「？」を浮かべていた。

「見えてるけどさ」

呟いて、月也はバッグのサイドポケットにスマホを落とす。いっそ転落死できれば楽なのに、などと考えながら階段に足を掛けた。

今は、関係することに戸惑っている。

蛹の中でドロドロにとけている「自分」の本質が分からないから。日下陽介のそばにいていい存在なのか、生きていていいのか、分からなくなっている。

いっそ羽化しないまま、閉じこもって、腐って消えてしまえたなら……どろりとした思考にとらわれていると、ふらっと線路に落ちてみたくなる。理由などないに等しい衝動を抑え付けるために、月也はわざと思考を切り替えて電車に乗った。

（どうして真犯人は、ハムスター殺しなんて企んだんだろうな）

どのようにして、は分かっている。依頼人が強調していた新米の季節、収穫期だったことを考慮すれば、農家はあらかじめネズミを始末しておこうとしたはずだ。殺鼠剤のような毒薬が当たり前に身近にある、そういう風景を月也は知っている。

ネズミに仕掛けた毒の餌を、誤って食べた飼い犬が死んだという話も、ちらちらと聞いたことがあった。

おそらく真犯人は、そういった薬品の類をハムスターの餌に仕込んだのだ。何も知らないハムスターは、金曜日の放課後から死亡が確認される月曜日の朝までの間に毒を食べ、死に至った。

毒薬の混入方法は、いくつか考えられる。

安全なのは、同じパッケージの餌を買っておき、家で混ぜてしまう方法。クラスメイトの目線を気にしなければならないのは、餌のパッケージをすり替える時だけだ。

教室で混入を実行するとしたら、朝一番に登校するのが妥当だろう。誰もいない教室で毒を混ぜてしまえば――

（それだと、金曜日のうちに死んじまう可能性もあるか）

餌やりのタイミングは、放課後だけではなかったはずだ。むしろ、金曜日の放課後がいつもとは違うパターンだったかもしれない。土日用として、餌を置いておく作業だったのだから。

（土日にこっそり登校は、見られてたらアウトだから却下で。やっぱパッケージごとすり替えが一番リスク低いか……）

乗降口のそばで揺られながら、月也はぼんやりと車窓を眺める。人工物ばかりの中に、マスクをした人々が点在する。列車内もみんなマスクで、のっぺりと、個性が消えてしまったように錯覚した。

背後のシートからもれ聞こえる、シャカシャカとしたリズムが、悲鳴のように思えた。

（……叫べたら気持ちいいだろうな）

感染に怯える列車内で、マスクを取り払って、大声を上げたなら。狂った「悪」として自分を捨ててしまえるかもしれない。

（なんて。どうしてこんな発想が浮かんでくるんだか）

マスクの中にため息を吐いて、月也はスマホを取り出す。陽介の言葉を読み返そうと思ったけれど、その前に、新しいメッセージを解決しなければならなくなった。

【とりあえず。依頼人が真犯人だと思います】

【え？】

驚きを込めて、フラスコが爆発するスタンプを添えた。返ってきたのは、腹を抱えて笑い転げるハリネズミだ。挑発的で、月也は思わず口をへの字に曲げた。

【意見交換は帰宅後にしましょう】

【ああ】

【牛乳お願いします】

緑と白のカラーリングが印象的な箱に入った、実験現場でお馴染みの拭き取り紙が「OK」と告げるイラストで応える。

これだけのやり取りで、叫び出したい衝動が消えていた。

ほっとしたような、困ったような気持ちでスマホを仕舞おうとすると。滑り込むようにメッセージが追加された。

【おやつは作りましたから！】

牛乳以外の買い物はするな、と念を押されてしまった。さすが名探偵、と月也は笑う。どうやら、アーモンドチョコレート購入計画は見透かされていたようだ。

四時を過ぎた空は、金色という表現が適切だった。オレンジ色というには眩しすぎる西日が、南向きのベランダにも入り込んでいる。スポットライトのように、アイアンテーブルの抹茶のパウンドケーキを照らしていた。

白と黒のマグカップには、ホットミルクが揺れている。抹茶ケーキに合うから、と陽介は言っていたけれど、それは理由の一端でしかない。あの日——雨のベランダで動けなくなった日以来、彼は度々、甘いホットミルクを作るようになった。

「それで、どっちから話す？」

室外機側のアイアンチェアで脚を組み、月也は加熱式タバコをセットした。右手で軽くマグカップを揺らして、陽介は左手で眼鏡のブリッジを押し上げた。

「ジャンケンでもしますか」

「……知ってる？　陽介って必ず最初にパー出すんだよ」

「え？」

「という心理戦を始めたらどうする？」

うわ、と陽介は顔をしかめた。月也は短く笑い煙を吐き出す。夕日を受けて金色に光る煙の流れを見届けて、たぶん、と目を伏せた。

「俺からの方が文脈的にはいいかもしれねぇな。簡単な話だし」

「最初に『殺された』って言った人が真犯人、ってことでしたよね」

頷いて、月也は深く煙を吸い込む。もったいないけれどそれで終わりにして、加熱式タバコをテーブルの隅に置いた。

「依頼人の表現通りなら、クラスの連中は月曜の朝、死んでいるハムスターを発見しただけだ。その後、餌をやったからって理由でSを犯人にしているくらいだし、外傷があるような死体じゃなかったわけだろ。小学六年生の子どもたちがソレを見た場合、真っ先に考えることってなんだと思う？」

「そうですね……病気か寿命か。事故を考えたとしても、他殺を考える可能性は低いように思います」

陽介は切り分けられた抹茶ケーキを、一つつまんだ。

「あー、だから、最初に言い出した人が真犯人なんですね」

「そう。わざわざ事件化した――殺されたと知っていたわけだからな。自分含め、クラスの誰もが容疑者になる状況を作り出したってことは、真犯人はクラスにいい印象を持っていなかったのかもしれない。あるいは、餌やり担当がSだと見越して、はなからSを追い詰めることが目的だったのか」

「たぶん、後者です」

陽介は一口かじっただけのパウンドケーキに、憂鬱そうな息を吹きかける。べっこう色の眼鏡の奥の睫毛を伏せ、もう一つ、苦そうな息を吐き出した。

「感覚的なものだから、先輩には笑われるかもしれませんけど」

「依頼人が真犯人ってやつ？」

「はい」

陽介はテーブルの上のスマホにふれる。梅雨の日以来ずっとひび割れたままの画面を操作し、依頼文を表示した。

「文面から、ちっとも謝罪が感じられないんです。依頼人からSちゃんへの。同じクラスで、ついみんなと一緒になって追い詰めてしまったのだとしたら、後悔くらいありそうなものなんですけど……」

しかも依頼人は、この出来事を三十年も抱え込んでいる。忘れることをできずにいるのが、懺悔の気持ちからであるならば、少しは文面に表れてもいい。陽介は語る。

「クラスのみんなの非を責めるわりには、自分についての意見がないんです。自分くらいは信じてあげればよかったとか、悪いことをしたと思っているとか。そういうのがなくって、一歩引いて見ているみたいなドライな印象なんですよね。そのことを踏まえると、今度は依頼理由が奇妙に思えてくるんです」

「……思い出し続けるくらいなら、いっそもう、解決してもらいたい」

「ええ。そこは切実なんです。そして依頼人は、未解決だということをはっきりと分かっている。証拠がないのなら、逆に、Sちゃんが犯人のままでも構わないのに。だから」

陽介はホットミルクを口に運ぶ。ゆっくりと喉仏を上下させて、三度目になるため息をこぼした。

「Sちゃんに対する罪悪感はないけれど、罪が暴かれないままなのも気持ちが悪い。僕はそういう印象を持ったんです。先輩はどう思いますか？」

月也は答えず、抹茶のパウンドケーキをつかんだ。もぐもぐと咀嚼して、確かにこれは牛乳が合うと、わざと思考を脱線させた。

——解かれたいと願うのは。

思考は、あっという間に本線に戻ってきてしまった。

「罪は注目を集めるからな。普段は見向きもされないような奴でも、事件を起こせば見てもらえる。知ってもらえる」

心にふれてもらえる。「解く」という行為によって、理解してもらえたなら。

孤独が晴れ、自分を取り戻せるということを、月也は知っていた。

「……名探偵。この依頼どうすんだよ」

「僕は名探偵じゃないですけど。依頼人とは、ちゃんとお話ししてみたいですね。僕らの推理だってまだ、空想みたいなものですし」

「そうだな。俺も話してみたい」

え、と陽介が大袈裟なほどに眉を寄せた。言葉以上に語る眉間に月也は苦笑する。これまでの自身の態度を振り返ると、彼が警戒するのも無理はなかった。

「他意はねぇよ？」

「んー……真犯人であれ傍観者であれ、過去を抉って闇堕ちさせようとかそういう魂胆はないんですね」

「どうだろ。話してできそうだと思ったら、やってみたくはなるかもな」

でも、と月也はホットミルクをすすった。

「止めるだろ、陽介が」

「もちろん」

真剣な目で、でも、口元では少しだけ笑って陽介は頷く。それは自信の表れだ。必ず止めることができると、彼は分かっている。これまでの積み重ねがあるから、尚更に。

「じゃあ、日時調整しますね」

依頼人にメッセージを送るべくスマホの上を滑り出した右手を、月也は抹茶ケーキを食べながら見つめる。気になるのは、どうしても、親指の付け根の傷だった。

（「家」のせいでできた傷か……）

ケーキを持たない手で左脇腹にふれる。

幼い日、狂った母に刺し殺されそうになってできた傷は、蟲の呪いも伴っている。看病するふりをした彼女が、ウジ虫のイメージを植え付けたために。

だから虫など嫌いだというのに、どうして今、自分の中に感じているイメージもまた虫なのだろうか。

蛹――ドロドロにとけて、形をなくした自分。

「先輩」

「……ん？」

月也はゆっくりと瞬くと、思考の視点を内部から外部に戻す。重く垂らした前髪の間から陽介の横顔を見やると、眼鏡と西日が重なって眩しかった。

「今日の夜って大丈夫ですか？　依頼人、ちょうど空いてるみたいなんですけど」

「ああ。さすがにレポートの締め切りもまだ先だし」

埋畑に出された課題、ホログラフィック宇宙論は曲者であるけれど。たとえレポートを落とすことになったとしても、この依頼人との対話は重要だ。

もし、本当に、依頼人が犯罪者であるならば。

求めるデータを収集できるかもしれない。

――ありがとう。

依頼人はサウンドオンリーのスマホの向こうで笑った。ずっと心の奥底に沈んでいた澱《おり》がとけたようだ、と。

『あの依頼文から、私が真犯人だと見抜かれるとは、正直思っていませんでした』

コールセンターのような仕事でもしているのだろう、依頼人の声は夜のベランダによく通った。近隣の部屋に住人がいたら、少し迷惑かもしれない。けれど、二人で暮らすボロアパートは、一階に年老いた大家が一人で住んでいるだけだ。相応に耳も遠いらしく、ベランダで騒いでいても苦情が来たことはなかった。

『でも、そうよね。ハムスターが死んだくらいで事件性を疑うなんて、ふつうはないことだったわね。どうしても私はあの件を、事件としてしまわなければならなかったけれど』

「それほどまでに、Sちゃんに対して負の感情があったのですか？」

首をかしげ、月也は新しいタバコをセットする。向かいのアイアンチェアでは陽介が、眉を寄せて眼鏡を押し上げた。

『確かに好きではなかったわ』

ひゅうっと依頼人は息を吐いた。もしかしたら彼女も喫煙者なのかもしれない。

『明るくてとってもいい子だったから。クラスの中心で、いつもニコニコしていて、誰に対しても優しくて、先生からも信頼されているような子でね。私とは正反対。だから母によく言われたわ、Sちゃんみたいになりなさいよって』

「それは……」

言いかけて、月也は煙を吸い込んだ。どんな言葉も依頼人は求めていないだろう。あなたが犯人だ、と見つけ出されたことで、依頼人の欲求はほとんど満たされている。訥々《とつとつ》と語るのは蛇足だ。そこに聞き手がいるから、ただこぼしているだけ。

——いや。

月也は長い睫毛を伏せる。口にしたくなかったのだ、自分が。形をなくした「自分」の本質が、その言葉になってしまうような気がして。

母親から存在を否定されていたようでしたね、とは言えなかった。

『だから、ちょっとした好奇心だったのよ』

ふふ、と依頼人は笑った。

『みんなで可愛がっていたハムスターが死んだら。それがもしかしたら、Sちゃんの犯行かもしれないってなったら、みんなはどうするのかしらって。結果は依頼文の通りよ。その程度なんだなって、小学生なりに悟ったわ』

「……お母さんは、その後どうされたんですか？」

月也の問い掛けに、陽介がマグカップを運ぶ手を止める。目線が「先輩？」と呼び掛けていた。気付かないふりをして、月也は加熱式タバコを見つめた。

『あなたは勉強ができるから偉いわって、急に私を褒めるようになったの。服装を変えれば気分も変わるのよなんて、新しいワンピース買ってくれたりもして……いっそ私が真犯人よって叫んでやりたかったんだけど、できなかったのよね』
できなかったのよ、と依頼人は小さく繰り返した。

【先輩】


視線を無視したせいだろう、陽介が月也のスマホに文字を入力した。室内からもれる光の暗さを気付かせるかのように、スマホの画面は眩しかった。

月也はスマホに手を伸ばす。何も入力せずに引っ繰り返した。依頼人とつながる、陽介のスマホのひび割れを睨んだ。

「……では」

震える喉を抑えるために、一度唇を噛んだ。どうしても落ち着かず、月也は白い指先を陽介へと向ける。ひび割れだけを見続ける月也には、彼がどんな顔をしたのか分からなかった。ただ、指先を握る温度だけが頼りだった。

「もう少し、考察してみましょう」

理系探偵の紹介文を書き変えた時から考えていた計画を始める。それは探偵ではなく、理科だからこその発想とも言えた。

事件を発生させた、関係性はなんだったのか。

事件をもたらした、原初的要因はなんなのか。

データを蓄積させれば、自分のことも計測できるようになるかもしれない。数値にならないものでも、統計・確率的に考察することができるのがベイズ統計だ。自身で設定した初期値を、収集された情報によって上下させ、確度を高めていく。

『……考察？』

依頼人の声は不思議そうだった。もはや何も語ることはない、と思っていたようだ。月也は「ええ」と頷くと、少しだけ視線を動かした。

骨のような指先を握る、親指の傷痕を見つめた。

「例えば……殺す必要まであったのか。依頼人は別に、ハムスターそのものに恨みがあったわけではないのでしょう？」

『そうだけど……』

「人間でなかったから構わなかったのでしょうか」

実験用のマウスですら、今は「殺す」ことについて敏感だ。実験動物の苦痛を軽減することに関して、環境省が基準を解説しているくらいには。

「Sを貶める方法なら、他にもあったはずです。盗みの犯人に仕立て上げるとか、校内に落書きしてみるとか。なんでもいいですけど……依頼人のSに対する感情の度合いと、ハムスター殺しとの間に、ぼくは少し乖離を感じます」

殺意はそんな単純なものだったただろうか……月也は自問する。殺されかけて、存在を認められなくて、初めて芽吹いたはずだ。

芽は、歳月と共に成長して、大木となって、心に歪んだ根を張り巡らした。それでも、いざとなったら殺せなかったのだ。

一線を越えられなかったのだ。

本当の願いが「自分を見てほしい」だったために——

「ハムスターを殺した、本当の動機はなんですか？」

『だから、Sちゃんを——』

「それは脳が作り出した、後付けの理由ではないでしょうか。人は因果関係を求める生物です。理屈が付くことに安堵を覚えます。理解できない事件が起きた時に、心の闇という言葉を生み出したように。そうすることで、自分はそうはならない、という保証を得ようとするように」

理由はあとからいくらでも作り出される。

繰り返した自分の声に、月也は鋭さと高揚を感じる。依頼人を追い詰めることが楽しいのかもしれない。結局、桂月也とは「そういう人」であるのかもしれない。

（まあ、陽介が止めてくれるか）

度を越えて傷付けることを、太陽の名を持つ同居人は好まない。これまでも度々、真相をうやむやにする方を選んだ彼は、けれど、今は月也の指先を握る手に力をこめるだけだった。

「……本当はシンプルに、ハムスターを殺してみたかったのではないですか」

『そんなこと、あるわけないでしょう』

「では何故、新米の季節に犯行に及んだのですか？　手近にネズミを殺せるものがあったから、ハムスターも死んでしまうのか、試してみたくなったのではないですか？　Sはもしかしたら、あなたの好奇心に巻き込まれただけなのかもしれない。最初から彼女がターゲットだったなら、いつの季節だって――」

「先輩」

陽介の声に月也はハッと口を閉じた。蜘蛛の巣のようなヒビを持つスマホが、通話終了を伝えている。陽介は何もしなかったから、依頼人が終わらせたのだ。

「陽介……」

「僕って教育学部でしょう」

分かり切っていることを口にして、陽介は指先から右手を離した。その手で頬杖をつくと、左手にマグカップをつかんだ。

物寂しくなった手を、月也は加熱式タバコに向けかける。なんとなく吸う気持ちが失せて、白いマグカップに指を掛けた。砂糖たっぷりのミルクティーは、すっかりぬるくなっていた。

「教育って性善説を信じてる感じがあるんですけど。僕は、性善説にも性悪説にも懐疑的なんです。なんか、生まれる前から決まってるって、投げやりな感じで救いがないじゃないですか」

「……そう」

ミルクティーを波立たせて、月也は眉を寄せる。何を思って陽介は、この話を始めたのだろうか。蛹の中の自分の本質を探すための〈実験〉に気付かれたのだろうか。

(「考察」はやり過ぎだったか？)

これまで依頼について、ここまで深く探ろうとしたことはない。探偵役を面倒がってきたところもある。それらを踏まえると、今日の月也の態度は充分に怪しかった。

名探偵である陽介が、気付いていないはずもない。

「だから。依頼人の好奇心がハムスターを殺したのだとしたら、そこに善悪を問うのは違うんじゃないかって思うんです」

「じゃあ陽介は、殺しても構わなかったって？」

「それも違うんですけど……」

陽介は悩ましそうに首を捻る。そのせいで落ちた眼鏡を押し上げて、ふと閃いたような顔をした。

「もし僕が、ハムスターが死んじゃうか試してみたいって言ったらどうしますか？」

「……は？」

「好奇心で」

「止めるけど」

「どうして？」

室内灯の明かりでもはっきりと分かる彼の目は、まっすぐに問いかけている。桂月也は親殺しを企んでるくせに、どうして止めようと思うのか、と。

純粋な好奇心を邪魔する権利はあるのか、と。

どんなに前髪を重くしていても逃れられない気がする視線に、月也はたまらずうつむいた。ミルクティーの、ほんのりとしたベージュを睨んだ。

「……分かんねぇけど。なんか、お前が殺すのは嫌だなって思ったから」

「そう言われると殺せる気がしませんね。でも、悪ノリする先輩だったら、一緒になってやらかしてたかもしれません。こうなってくると、ますます善悪の所在が分からなくなりませんか？」

「いや。他者との関係の中にあるって言いたいんだろ、お前」

「エクセレント！」

さすが先輩、と陽介は大袈裟に笑った。

「似たような話で、花がきれいっていうのも、なんか納得できないんです。あれは小さい頃に、庇護してくれる誰かが『きれいなお花だね』って言ったから、そう感じるようになったんじゃないかなって。共同生活のための共感力として」

「いや。本能的なもんもあるんじゃねぇの。安全に食えるものを判断したり、より生存に有利になる環境を判断するにも『きれい』は使えるだろ」

「あー、そうきますかぁ」

少し悔しそうに口を尖らせて、陽介はミルクティーをすする。マグカップが唇を離れると、そこにはもう自信が宿っていた。

「だとしたらいっそう、不思議ですよね。生存には直接関係しない、絵画だったり、音楽だったり、星空だったりをきれいと感じるのは」

「……星は別にいいじゃん」

「そうですね。星に魅了されたのはきっと、先輩の生存本能ですもんね」

くすくすとした笑い声に、今度は月也が口を尖らせた。

星空に圧倒された——それが今、宇宙物理学に関わっている理由だ。家族に見捨てられた独りぼっちの夜、星空だけは美しかった。

宇宙の秘密を知りたいと思った。

あの想いがなかったら、今日まで生きてこられたかは分からない。

「でも。僕が星空をきれいだと思うようになったのは、先輩が教えてくれたからですよ」

「……………」

「先輩があんまり楽しそうに宇宙を語るから、僕も好きになったんです」

これもまた、他者との関係の中で生じたものだ。陽介はマグカップを置くと、勢いをつけて立ち上がった。錆びた落下防止柵から身を乗り出して空を仰ぐ。

「んー、星見えないですねぇ」

悔しそうに目を細める横顔に、月也は小さく息をもらした。

(やっぱバレてんだな)

陽介には悟られている。蛹の中でドロドロにとけた青虫が、何に戸惑って形を成せずにいるのかを。迷い続けていることを。

――生まれながらの犯罪者だとしたら？

彼に直接問うことは容易い。そしてきっと陽介は、生まれながらなど存在しないと答えるだろう。他者との関係の中に生まれるから、と。

「陽介」

「はい」

「なんでもない」

ゆるく首を振ってミルクティーを口にする。甘さを優しさに感じるのはどうしてだろうか。睫毛を伏せる耳に、陽介の呆れ声が聞こえた。

「最近先輩、なんでもない、増えましたよね」

「……………」

「まあいいですけど。そうやって、呼びかけたい存在であるってだけで、僕って結構重要人物ですよね」

「ポジティブだなぁ」

「『陽』ですからね」

ケラケラと笑って、陽介は星を探し続ける。月也もミルクティーを飲み干して立ち上がった。身を乗り出す陽介とは反対に、落下防止柵に背中を預けて並ぶ。屋根の向こうの雲の流れを見やった。

「ほんと、陽介って強いよなぁ」

「月也先輩のおかげですよ」

　俺の？　と首をかしげ月也は加熱式タバコをオンにする。「先輩のせいの間違いですね」と悪意ある言い方に直して、陽介も体の向きを変えた。

「先輩のために一生懸命なだけです」

「それって、お前がいないことにならねぇ？」

「逆ですよ。僕は、ここにしかいないんです」

　陽介は、心の奥底を吐き出すような深い息をもらすとしゃがみ込んだ。二階まで伸びる紫陽花の葉をつつく。

「あの町での僕は『日下』でしかありませんでしたから。相談役として関わってくる人ばかりで、誰も僕を見てくれてはいなかった。その中で先輩だけが違ったんです」

「あー……」

　最初は「家」に縛られた似た者同士という、同族嫌悪のようなものだった。それを除いたとしても。

「白状すれば、お前の頭脳に頼るより、自分で考えた方が早いって思ってたからな」

「ですよねぇ」

「だから驚いたんだよ。科学部の入部テスト解かれた時は」

「んー、なんか諦めがついたって感じ？　関わってみれば名探偵なんだもんな。あれから狂わされっぱなしで……」

語尾を煙に変えた。

連続放火事件は見抜かれる。「桂」を社会的に抹殺し、生き地獄を与え、自分だけが死んでやろうとした完全犯罪計画も見抜かれる。すべて投げ出して死んでやろうとした時も、結局は見つかってしまった。

(結局、陽介がいるってだけで死ねないいんだよな……)

そういう人なのだ、日下陽介は。

桂月也とは逆方向のベクトルを持っていて、太陽の名に相応しい人物だった。それを、共犯者という関係にしてしまったのは、正しかったのだろうか。

性善説も性悪説もないのだとしたら、尚更に。

関わり合いのせいで、陽介まで犯罪者にしてしまったのだとしたら……思考は堂々巡りを繰り返す。まるで、初めから「家族であってはならない」という解答を用意しているかのように、情報を曲解しようとしている自分がいた。

(もしかして俺、陽介の家族でいたくない？)

どろりと、とけた青虫が脈打った気がした。それを感じる心は「どうして？」と戸惑っている。

「見直しました？」

家族が欲しかったはずなのに。

家族に見てもらいたかったはずなのに。

「陽介――」

「先輩、月です！」

雲の切れ間を指差して、陽介は声を上げた。寝待月《ねまちづき》――月齢にして十九日頃の月が、ぼんやりと光っていた。

「月の明るさって、満月でマイナス十二・七等星なんですよね。今日だともう少し暗いのかもしれませんけど、それでも、夜空で一番輝く星がマイナスなんですよね」

「……」

「素敵ですね、先輩」

無邪気に笑う横顔を、おぼろげに月が照らした。月也は目を逸らし、ひゅうっとタバコの煙を飛ばす。風の流れが変わったことが、視覚的に分かった。

それは、どこからともなく金木犀の香りを運んでくる。

無性に、死んでしまいたくなった。

＊キュリオシティ［curiosity］好奇心

第3話　月齢二十・七　ルーメン

秋桜が揺れる、名前ばかりのフランス式庭園。すっかり馴染みになったベンチで弁当箱の蓋を開けた月也は、思わずパチパチと瞬く。ウズラの卵にくっついた、黒ゴマのつぶらな瞳と目が合ってしまった。

(絶対楽しんでるな、あいつ)

これはいずれ、キャラ弁に進化するかもしれない。片鱗を感じる星型のハム&チーズをプラスチックの箸でつまみ、月也は苦笑した。

(ま、ここで食う分にはいっか)

庭園はいつも人の姿がない。目立って面白いものがあるわけでもなく、大学生協からも遠いからだ。お弁当を調達して、ここまで戻ってくる間に十分は無駄にする。自炊して持ち運ぶ人も稀だ。

ランチに利用しないとなると、それこそ利用目的が分からない。

勉強するなら図書館の方がいい。読書をするには、日を遮る木々が乏しく眩しすぎた。花見というほど美しく手入れされているわけでもない。

名前ばかり立派なフランス式庭園。

面積ばかりあるのに、誰からも見向きもされない。

ここが月也にとって落ち着ける場所になったのは、人気のなさだけではなかったのだろう。存在の仕方がどこか似ていて、共感があった。

「桂」という名前ばかり。

背ばかり伸びて、誰からも見向きもされない……と思いかけて、月也はタコさんウインナーの足をかじった。

(陽介には見つかってるんだよな)

だとすれば、庭園にとって自分は陽介になるだろうか。浮かんだ想像が馬鹿らしくて、月也は苦笑した。

庭園にはもっと、重い記憶がある。

陽介は知らない、美しい思い出が。

(量子コンサークル続いていたら何か違ったかな……)

量子コンピュータを作り出そうと集まっていたメンバーは、水渓の事件後にバラバラになってしまった。本当は、代表がいなくなったところで解散する必要はなかったけれど、水渓の最後の望みだったのだ。

——もう必要ないから、みんなにはそれぞれの時間を過ごしてほしい。

泣きそうでありながら、晴れやかにも聞こえた彼の願いを、サークルメンバーは受け入れた。それきり、メンバーの関係は希薄になり、月也は一人きりのキャンパスライフに戻ったのだけれど。

「よお！　やっぱり今日も愛妻弁当な！」

「……朝井先輩」

　プリン頭の四年生、朝井永一は、メロンパンの袋を手にとなりのベンチに座った。

　縁が切れたと思っていた量子コンピュータ研究サークルのメンバーが、どういう気まぐれか、今日も声を掛けてきた。一昨日久しぶりに言葉を交わしたことで、彼の中に変化が生じたらしい。

　あるいは、一昨日の時点で何か目的があったのか。

（どうすっかな……）

　月也は距離感を考える。専攻は違っても科学の徒同士、避けたいと思うほど苦手な相手ではない。かといって「俺」という素で接したいと思うほど、信頼があるわけでもない。

　永一任せにして黙っていよう……決めて、ウズラの卵に箸を刺すと。

「それ！」

「え……」

「シマエナガだろ。明音《あかね》も好きでさ、ベッドの周りがぬいぐるみで埋め尽くされてんの。スマホケースもシマエナガで、バッグにもチャームぶら下がっててさぁ。オレよりも愛されてんね、シマエナガ」

　黒いマスクを顎に引っ掛けて、永一はケラケラと笑った。それがあまりに嘘っぽく、月也は反応に困る。変わらず何か、抱え込んでいるようだ。一昨日の今日のことだから、同じく彼女——明音のことで鬱憤でも溜まっているのかもしれない。

痴情のもつれには巻き込まれたくないと、月也はあえて察していないふりをして、ウズラの卵を見つめた。白い丸に黒い目があるだけだと思っていたけれど、鳥のつもりだったらしい。

（オバケじゃなかったのか……）

十月だからと、勝手にハロウィンに結び付けていた。とはいえ正解は、製作者にしか分からない。あとで陽介に聞いてみよう、と考えながら口に入れた。

表面にはゴマ粒だけだったのに、ちゃんと塩気があった。可愛らしい見た目だけではない工夫がされているらしい。

「美味い？」

「え、まあ……」

「いーなぁ。オレももう一回くらい、明音の手作り弁当食いたかったなぁ」

遠距離恋愛で、その上、新型感染症が目に見えない壁を作ってしまっている。だから、すっかり諦めているのだろうか。大袈裟に思える永一のため息を聞きながら、月也は前髪の下の眉を寄せた。

「いずれ落ち着きますよ」

「うん。いずれね。そういうもんだって分かってるけどねぇ……本当に大事なのは『今』

だったんだろうなぁとも思うよねぇ」

さらに深く息を吐き出し、永一はメロンパンの袋を開けた。薄黄色のクッキー生地にかじりつく。ぽろぽろと落ちた砂糖の粒が、黒いマスクに光った。

「彼女がね……まあ、色々ありましてねぇ」

ため息の数を重ねて、永一はブラックコーヒーのプルトップに指をかける。おかかのおにぎり片手に月也は、やっぱりか、と悟られないよう身構えた。

（そういうのは俺じゃなくて、陽介の管轄なんだって）

言っても仕方のないことを心の中で思う。

恋愛に限らず、人と人とのいざこざを、平等に収めてしまうのが「日下」だ。小さな田舎町でのこと、彼の名前――家柄という方が正しいだろうか。日下というシステムはすっかり定着していて、揉め事があれば真っ先に思い付く人物となっていた。

けれど。国内どころか世界からも集まって構成される大学に、そんなシステムなど存在しない。困り事が起きたら、身近な誰かを頼るしかない。

その「誰か」に、どうやら月也は選ばれてしまったようだった。

「……色々、ですか」

とりあえず永一の言葉を繰り返し、月也はペットボトルの緑茶をすすった。

相手の話したいように任せて、愚痴らせて、すっきりさせることが重要だ。聞き役に徹することが一番で、押しつけがましい態度はご法度。そういうスタンスで陽介は接していたはずだ、と思い出した。

「そう、色々ね……」

やたらと重いため息をついた永一は、メロンパンを脇に置く。ボディバッグから空色のカバーをはめたスマホを取り出し、親指一本で操作した。

無言で、永一は画面を向けてくる。月也は読み取ろうと目をすがめた。トークアプリの文字は小さすぎて、ベンチ一つ分の距離でもう見えない。

仕方なく立ち上がる。

マスクをつけるのが面倒で、無言で画面を確認した。ベンチに戻ってから、きつく眉を寄せた。

「えっと……色々とするには、その、短い言葉ですね」

十月五日という日付の下にあったのは、たったの三文字だけだ。

【終わろ】

その三文字に、とてつもない質量があるかのようにスマホを置き、永一はメロンパンを手にした。再びため息をついて、クッキー部分をついばむようにかじった。

「やっぱさ、この終わろってさ……」

別れよう……永一は言葉にすることを拒んだけれど、そう考えるのがシンプルだ。取り繕って慰める言葉も浮かばず、月也は無言で弁当の彩りを見つめた。

「オレさぁ、何が間違いだったのかなってずっと色々考えて、色々思い出してみてるんだけど。やっぱりさ、オレらは講義始まって、こうして会えるようになってるせいなのかな。明音の方はオンライン授業がメインのままでさ、閉じこもってなきゃいけなくてさ、モヤモヤしてるわけじゃん。環境設定が違うって、データ収集だったら致命的じゃん。なんかもうズレまくっちゃってさぁ……」

「そうですね……」

「ズルいって話にもなったんだよ。そう言われても、オレに何かできるわけでもないわけじゃん？　対面授業しなきゃ爆破するぞ！　なんて脅迫したら結局、大学は閉鎖されちゃうわけでさぁ」

「爆破って……」

おにぎりをかじっていた月也は、吹き出しそうになった。さすが、元量子コンサークルのメンバーだと、妙に納得してしまう。彼女とのいざこざの果てが爆破予告など、なかなか思い付くものでもないだろう。大多数は、彼女その人に矛先を向けるはずだ。

「スケールの大きな痴話喧嘩ですね」

「そんな可愛いもんでもないと思うけど……爆破なんて冗談よ？　オレには残念ながら、爆弾作る技術なんてねぇもん」

「……技術あったらやるんですか？」

「んー、それくらいやってやるのが正解だったのかなぁ。終わろって、既読スルーされちゃうよりはさ」

真顔で永一は小指を見つめた。秋空の下光るピンキーリング。彼女とつながる、簡単には切れない赤い糸の象徴だと、彼は信じようとしていた。

渋谷ハロウィンの思い出だと、暗い瞳で笑おうとしていた。

「それだけ想っていても、喧嘩になるんですね」

「これまでならならなかったけどなぁ。こんなご時世じゃん。ましてオレらって四年じゃん？　卒業後の進路にピリピリしちゃってねぇ……」

「あー……」

三年生となった月也も、後期に入った以上考えなければならない。卒業後の進路をどうするか。どういう道を選ぶのか。

（選べるのか……）

月也は奇妙な感覚を覚え、視線をさまよわせる。

これまでは「桂」しかなかった。けれど、清美が身ごもり、正しい血筋ができたことで変わってしまった。「桂」だけ、選べなくなってしまった。

「桂？」

するりと指の間をこぼれて消えたような名を呼ばれ、月也は気まずく思いながら永一を向いた。

「すみません。ぼくも、就活問題はさすがに……」

「だよなぁ。ホントまじヤバくってさぁ。何がヤバいって、明音の夢ってキャビンアテンダントだったわけよ。今年ひでぇから。募集がねぇんだもん」

「それは……」

掛ける言葉もない。

新型感染症の影響で飛行機が飛ばなくなった。そうして仕事がなくなった以上、新規に募集するどころではない。現職のキャビンアテンダントも、今後の進退を迫られている。

それを、目標としていたのなら。

今は、理不尽で、暴力的で、絶望しかないように思えるだろう。

「でさぁ、オレついつい言っちゃったわけ。今年じゃなくてもいいじゃんって。ワクチンも開発されたし、何年かすれば落ち着くかもしれないよってさぁ」

案の定、彼女は返した。何年とは具体的に何年後のことなのか。本当に収束して、これまで通りの日常が戻ってくるのか。

仮に戻ってきたとしても、出遅れたことに違いはない。ただでさえ彼女は、四年制大学の国際学部を選んでいたために、最短ルートから外れていた。見識を広げる目的と、万が一キャビンアテンダントになれなかった時の保険だった。

その、一点の曇りが、新型感染症と重なってしまった。

まっすぐ夢を信じて、短大や専門学校を選んでいたら、状況は全く違っていた。

「追い詰められてんのは分かんだけど。そんなんオレにはどうしようもできないし、オレのせいでもないし。だからつい、イラっとしちゃって、余計なこと言っちゃったんだよ。

ＣＡ以外にも魅力的な仕事はいっぱいあるって。一番言っちゃいけないやつ。そしたら、終わろって……」

「あー……」

「オレ、明音は小四の頃からＣＡになるのが目標だったって、知ってたのになぁ」

「その、随分と長い付き合いなんですね」

「小さい漁村育ちだかんね。なんでかね、村の連中ってばさ、明音にＣＡなんて無理って決めつけてからかって。それでもめげずに目指してたんだよ。勉強もいっぱいして、カッコよすぎて惚れちゃったもん。おかげで俺も理大目指せたし」

馴れ初めのような惚気話をこぼして、永一はメロンパンをかじった。黒いマスクの砂糖が増える。気付かないまま、彼はブラックコーヒーをすすった。なんでもないことのように横目で捉えていた月也は、ふと、間違い探しのような違和感に気が付いた。

（ブラック飲めなかったはずじゃ……）

月也と同じで、コーヒーを買う時はいつも砂糖とミルク入りだった。子ども舌だと、水渓にからかわれたことも、思い出として残っている。

（味覚が変わった……？）

違う、と察したのは、永一があまりにも大きなあくびをこぼしたからだ。きちんと観察してみれば、目の充血がひどい。黒いマスクに誤魔化されていたけれど、クマも濃く、記憶よりもやつれている。

誰か、のように……。

(死にたそうな顔をするのはやめてくれませんか、か)

陽介の言葉を思い出し、すとん、と腑に落ちた気がした。いや、具体的に分かっていることはせいぜい、明音との関係が絶望的に悪化しているということくらいだけれど。

入力値はともかくとして、出力として、永一は追い詰められている。それは「死」の気配を漂わせるほどに。

だから、月也の声は、自然とやわらかくなった。

「朝井先輩」

「……なあ、桂。こんな中途半端に苦しい世界なら、いっそ滅茶苦茶にぶっ壊れてくれりゃいいと思わねぇ?」

「……」

「桂もそういうタイプだろう?」

金色の前髪を揺らして、永一は首をかしげる。偶然、あるいは必然のように金木犀の香りがした。

(俺は……)

蛹の中が不安定に揺れている。肯定したい気持ちと、否定したい気持ちの間で、ゆらゆらと、不気味に波立っている。

(俺はただ、相応しくありたいだけで……)

それなのに「自分」の形が見つからない。形を成していないために、何が一番相応しい状態なのかも分からない。

月也は睫毛を震わせて、なんでもないようにミニトマトをつまもうとした。指先は動揺を隠しきれていない。真っ赤なトマトは、色褪せた石畳の上に転がり落ちた。

「どうしてぼくも同じタイプなんて……」

「量子コンが解散になった時、お前、水渓のやったことに共感してたじゃん。だからオレの気持ちも分かってくれるんじゃないかなーって。そんな気がしたんだ」

永一はメロンパンを食べ終わる。ぐしゃりと、ビニールの袋を握り潰した。

「すげぇちっぽけな『世界』なんだけどさ。それでも自分だけの力じゃ壊せる気がしないんだ。だから桂、一緒に壊してくんない？」

「……正気ですか」

「正気じゃねぇよ。『恋は盲目』っていうじゃん」

「………」

「こんなにも世界は理不尽で、明音を傷付けてる。それなのにオレは、抱きしめに飛んでいくこともしなかったんだ。あいつを追い詰める世界と同じだったんだ。それなのに生きてるって、なんかもう辛過ぎるじゃん」

「朝井先輩は、死にたいんですか？」

「そんな勇気もないから困ってるんだって」

永一は自分を嘲るように笑って、苦手なはずのブラックコーヒーを一気飲みした。

「それでも、終わらせたいって考えちゃって……傷つけ合って終わるくらいなら、始まらなけりゃ良かったって思っちゃって。オレってわがままなんだろうなぁ。盲目的なまでに大切だったから。それが失われるくらいなら、そんなに理不尽なら、始まりの思い出なんてぶっ壊しちまいたいなぁって。何かすげぇ事件起こして、オレの中の世界を塗り潰して、ぐちゃぐちゃにしちゃいたいっていうの……分かる？」

「……ええ」

それもまた、理不尽で身勝手だ。けれど、「始まり」に復讐したいと考える永一の気持ちは、月也にも共感できた。

始まらなければ、今の苦しみはなかった。

過去に戻れないのなら、思い出の中の始まりだけでも壊してしまいたい。なんでもいいから滅茶苦茶にできたなら——あの夏がなかったなら、この不安定さもきっとなかった。

「分かります。ぼくも」

「じゃあ、頭脳貸してよ、桂」

「………」

すぐに答えることはできなかった。月也は箸を握る手に力をこめる。永一の気持ちは理解できる。感じ取れるし、きっと、他の誰にも共感はしてもらえないだろう。

大切過ぎたから、思い出を壊してしまいたい。

それを「世界」と呼ぶのは、笑われてもおかしくないほどに大袈裟かもしれないけれど。

それが「すべて」だったなら。それが「自分」そのものだったなら。

思い出を壊したいと願うことは、世界の崩壊を望むことと同じで。

それは、やっぱり「死」への願いだ。

そんな美学のような、強迫観念のような信念を、誰が理解してくれるだろうか。同じような歪を抱えて助けを求める手を、どうして無視できるだろうか。

（……なんだって「今」なんだよ）

月也は奥歯を噛みしめる。

あまりにも絶妙過ぎるタイミングだ。形を成せない自分の本質を探しているところだというのに。理系探偵を使って「考察」しようとしているところだというのに。

どうして、水渓の罪を思い出させる金木犀の香りの中にいるタイミングで。

どうして、罪から寄ってくるのだろうか。

（ホログラフィック・ユニヴァースか……）

相互結合し、一枚のシートを織りなす宇宙は、月也を導こうとしているかのようだ。犯罪者の方へと――いや。

月也は、弁当箱の中に残るもう一個のウズラの卵の、つぶらな瞳を見つめた。

（陽介に会ってねぇし……）

顔を合わせたところで何かが変わるわけではないのかもしれない。それでも、会わないうちに決めてしまっていいのだろうか。

(俺は……)

蛹の中でドロドロになった自分は、何を求めているのだろうか。どう、ありたいのだろうか。

何を、成したいのだろうか……。

「助けてよ、桂」

永一の声が鼓膜を、心を、揺さぶってくる。月也はきつく目を閉じて、形のない自分自身に問い掛けた。

今、一番にしたいことは？

今、一番に望むものは？

不安定に揺らぐ中にも、見える部分はあるものだ。波のピークのように、すぐに形を失うとしても、繰り返し現れている気持ちもある。

(今、できたらいいと思っていること……)

ソレに、永一が使えることに気が付いた。月也はゆっくりと目を開き、微かに、すぐに消える朝露のように笑った。

「そうですね。ぼくもちょうど、朝井先輩の助けを必要としていたんです」

「……え？」

「同じタイプだからかもしれませんね」

諦めにも似た気持ちを吐き出して、月也はつぶらな瞳のウズラの卵を口にする。ぼそぼそとしているばかりで、味が分からなかった。

それなのに、金木犀の香りは強く感じられた。

「えーっと……協力してくれるって意味でいいんだよな、桂」

「どうでしょう？　それはこれからの、計画案次第ですから。思い出を滅茶苦茶に塗り替えるほどの事件を起こせるのかどうか。朝井先輩だって、無理な仮説とプランで実験なんて行わないでしょう？」

「実験……そうだよ実験！」

弾かれたように永一は立ち上がる。午後の日程が実験だったようだ。準備しておかないと教授に怒られると、庭園の石畳を駆け出した。

ベンチに、ブラックコーヒーの缶が残されていた。

長い前髪の間から見つめ、月也は短く息を吐いた。

「〈実験〉だと思えばいいんだよな」

朝井永一が求める「罪」も、自分を観測するための〈実験〉に使ってしまえばいい。その上で、自分の目的のために利用できるのだから、一石二鳥だと笑えばいい。

メリットしかない状況のはずなのに、気持ちはくすんでいた。

（太陽、隠れちゃったな……）

いつの間にか大きな雲がかかっていた。だから、心の彩度も低いのかもしれない。さほどでもないはずの秋風を、寒く感じるのかもしれない。

「なんだかなぁ……」

自分を馬鹿らしく思いながら、月也はスマホを取り出す。食べかけのおにぎりを左手につかんだまま、くだらないメッセージを入力した。

少しだけためらって。

まあいいや、と送信した。

【夜、外食にしね？】

既読はすぐに付いた。どういう言葉が返ってくるかと考える間もなく、音声着信が告げられた。

『そんなにお弁当不味かったんですか！』

陽介の慌てた声に月也はたまらず吹き出す。昼食のタイミングだったために、先走って勘違いしたようだ。

「大丈夫、美味いよ」

『あー、じゃあ、さすがに飽きますよね。これでもメニューとか味付けとか工夫してるつもりなんですけど……』

「いや、飽きてもねぇけど」

『じゃあ、なんだって言うんですかぁ』

電波越しにも頭を抱える姿が見えるようだ。永一の声とは違う平穏さと、色彩を取り戻せたような安心感に月也は目を細めた。

——外で待ち合わせた方が、早く会えるから。

とても言い出せない言葉を脳の片隅に漂わせて、急いで理由を作り出す。

「ほら、お前、駅ビルにできた新しいラーメン屋行ってみたいって言ってたじゃん。お弁当のお礼に奢ってやろうかなって」

『……本当に？』

「名探偵だからって疑い過ぎじゃね？」

不貞腐れると、すぐに謝罪が聞こえてくる。こんな風に素直になれたら、と自分にはないものをねだる視界を、オレンジ色の秋桜が揺れた。

『あの、先輩。まだ話してる時間ってありますか』

「んー、大丈夫だけど？」

『じゃあもう少し、声を聞かせてください』

プリズムのように、陽介は声の調子もくるくると変える。不安そうに、不愉快そうに、昼のニュースがイヤだったと告げた。

新型感染症の影響か、鬱になる人、自殺者が増えている。

池袋で起きた暴走事故の初公判があり、「上級国民」という言葉を広めた被告人は、車のせいにして自分は無罪だと主張した。

『罪ってなんでしょうね』

左の鼓膜を震わせる声に、月也はきつく唇を噛む。宇宙はどうしようもなく、人の目では観測できない何かでつながっているのかもしれない。

ふわり、と金木犀が香った。

『特別なキャリアがあればすぐに逮捕されなかったりするんです。その不公平さが行き過ぎた誹謗中傷を生んだりもして。あー、罪を決めるのも作り出すのも人なんだなぁって、なんかしみじみ思っちゃったんですよね』

あの時、ふつうに逮捕されていたら、感情に任せて叫んだ人はいなかっただろう。その後に情報が飛び交ったために、いらない反感が生まれた。

それだけでもない。被告人の態度もまた、ニュースを見た人たちの心を掻き乱した。

『人が死んでるのに、自分を守る方が大事なんだなって。本当に車のシステムの問題だったとしても、その車に乗っていたっていうだけで、僕なら耐えられる自信はありません。だって、なんであれ、人の命を奪うのに関わってたんですよ』

「そう……」

それは陽介が優しいから、という言葉を月也は呑み込んだ。彼が求めているのは、そんなありふれた慰めではないと分かっていた。

この話を、桂月也にすることに、彼は意味を求めている。

親の殺害を企む、犯罪者思考の持ち主に語ることに、意義があると考えている。

『じゃあ、命が関わらなきゃいいのかって言うと、本当は違うんですよね。SNSで炎上させるのだって、心を傷付けている以上はきっとそれも罪の形で。親を騙して金銭を奪い取るのだって、立派な罪なんですよね』

「あれは、仕方がなかったじゃねぇか」

詐欺でも働いてまとまった金を用意しなければ、陽介は今、ここにはいられなかった。大学を辞めさせられ、実家を継ぐ以外の道を奪われるしかなくなっていた。

だから、仕方がなかった。

本当に、仕方がなかった？

月也が罪ばかりを考える思考でなかったなら。そもそも陽介が、桂月也などと関わり合っていなかったら、「今」はもっと違う形となっていただろう。

(何が正しかった？)

不安定に揺れるのは、蛹の中の自分だ。何にも自信を持てない。ドロドロとして形がないから、踏ん張ってみるふりもできない。

だからいっそう、左耳に届く陽介の声が優しく感じられた。

『あれで良かったんです。だって僕が観測したんですよ？　先輩を。完全犯罪を目指す死にたがり、桂月也を』

「……………」

そうだった。「ぼく」も「俺」も分からなくなったあの朝、陽介が答えたのだ。先輩は先輩だ、と。あるべき姿を言葉にしてくれたから、完全犯罪を考えた。

「じゃあ、陽介のせいってこと？」

『んー、そう言われると嫌ですね。嘘でも「探偵・桂月也です！」って言っとけばよかったですね』

「嘘なのかよ」

『残念ながら、僕の知っている桂月也はそういう人なので……』

だよねぇ、と同意して月也は苦笑した。ベンチの背もたれに合わせて背を反らし、空を仰ぐ。太陽を隠していた雲が、あっさりと形を変えていた。

（秋、だなぁ）

秋の空が、四季の中で一番美しく思う。

痛いほどの青と、様々な表情を見せる雲の白がユニークだからかもしれない。この空の下で、罪を背負う覚悟を決めた人がいることを、知っているからかもしれない。

「罪ってなんだろうな」

ひゅうっと、月也はタバコを吸っているつもりで息を吐いた。

量子コンピュータ研究サークルを解散させた水渓は、自分のために罪を犯したわけではなかった。朝井永一も、彼女との関わり合いの中で傷付き歪んでしまった。

そこに「誰か」がいなかったら、彼らは罪に手を伸ばしただろうか。

あの「家族」でなかったら、桂月也は罪を求めただろうか。

「何が罪なんだろうな」

『法律だけではないってことは、分かる気がします』

「ああ」

『やっぱり、意識の問題でしょうか』

「あるいは、新皮質が作り出した幻想だな」

『……へ？』

「新皮質は分かるだろ。ヒトで特に発達している脳の部位で、人間の脳全体の約七割を占めてる部分なんだけど。いわゆる『知能』に関わる新しい脳なんだ」

へぇ、と相槌を打つ音に衣擦れが混ざった。移動する気配も伝わってくる。小難しい理科話が始まったと、甘いコーヒーでも作りに行ったのだろう。

「神経科学者ジェフ・ホーキンスの本が面白かったんだけどさ。例えばケーキがあったとして、健康に悪いから食べるなって命令を出すのが新皮質なわけ。でも、生存に関わる本能、古い脳にとって、甘い香りを放つケーキはエネルギー源でしかないから、食べることを指示するんだ」

『それ、脳内で矛盾してますね』

「そう。この矛盾・葛藤が『罪』だとしたら、新皮質のせいで作られたものになるだろ。それがない鳥類の中には、最初に孵《かえ》ったヒナが卵を巣から落として殺したりするのもいるし。種の保存ってシビアで残忍だから……」

自身の言葉に心が震え、月也はたまらず左脇腹にふれた。

清美が刺し殺そうとしたのは、本能に過ぎなかったのかもしれない。「他人の血」を赦せなかった。家——巣から排除しようとした。

『先輩?』

「大丈夫」

月也は笑ってみせたけれど、声は頼りなかった。いっそもう、午後の講義を投げ出して帰ってしまいたくなった。

すぐさま「駄目だ」と訴えたのも新皮質だろう。なかなか対面授業にならず、大学の友人と交流することもままならない陽介に対して、それはきっと罪なる行為だ。永一と明音の間に漂う罪と同じくらいには、きっと。

「死にたくなるのも、新皮質のせいかもしれなくて」

スマホの向こうで、かちゃん、と戸惑ったような音がした。砂糖を混ぜるスプーンが、必要以上にマグカップにぶつかったのだろう。

『先輩……』

「自殺者数のニュースにも気が滅入ったんだろ。いいよ、話そう」

相槌の代わりにコーヒーをすする音がする。どうして、という言葉を呑み込んだのだろう。正直、月也にも分からなかった。どうして、話そうと思ったのか。

これもまた〈実験〉なのかもしれない。

はぐらかして、見ないふりをしてきた今までを変えたいのかもしれない。

（単純に、話していたいんだ）

月也は右手の指先に視線を落とす。握ってもらえないから、せめて、声がほしかった。明るい話題にできないことが、からりとした秋風のように虚しかった。

「新皮質は『社会』を作り出しているとも言えるんだけど。いわゆる信念で作られたルールは、古い脳、遺伝子を残そうとする生物の根源的本能と対立するんだ」

より多くの遺伝子を残すのであれば、子どもはできるだけ多く産んだ方がいい。そのためならば、騙し、犯すこともおかしな行動とはならない。

それを信念は悪とし、禁止する。

「避妊具なんて最たる例なんだよ。遺伝子の本能に逆らってる。だけど今の時代、そこに疑問を呈して訴えかければ、そっちの方が変人扱いで、疎外されるだろ。社会共通の信念に従っていないから」

『教育学部として、耳が痛いですね』

「そうだな。学校教育もまた、自分たちが正しいと思う信念、多数が占める標準偏差に基づいてるからな。でも、それは奇妙なことじゃないんだ。『多数』の意見ってことはさ、これまでの歴史において、その信念が優位に遺伝子を残せた結果ってわけだから。問題は、信念は誤るし、新皮質も騙されやすいってことで」

この社会に適応しようとした個人の新皮質が、本能を抑制できなかった時。それは生物学的には誤りではないのに、信念的には不適合となる。

不適合者を、社会は排除しようとするだろう。

あるいは、信念と本能の矛盾に耐え切れず、自ら死を望むかもしれない。

「俺らに身近な例えをすれば『日下』だって単なる信念だ。町に相談役がいることで、余計な争いがなくなり、遺伝子の存続に優位に働く。反面、その存在に疑問を持つと途端に生きにくくなるだろ。大勢が信じているものを信じられない自分はおかしいのかって」

『ええ……』

陽介の声が思った以上に落ち込んでしまった。月也は飲みかけだったペットボトルを口に運ぶ。緑茶は、家で飲むよりも美味しくなかった。

「悪い。お前が不適合者とか、そういうことはねぇから」

『分かってます。こうあるべきって偶像が、呪いとなって降りかかるってことですよね』

そうだ、と月也は深く頷いた。

朝井永一も、ピンキーリングの赤い糸の偶像に呪われている。明音も、キャビンアテンダントという偶像に囚われ過ぎた。

『だとしたら』

左耳のスマホの向こうで、ふわり、と陽介が笑った。

『先輩が死にたがるのは、優しすぎるからかもしれませんね』

「はぁ？」

『罪を犯したい気持ちと同居できないでしょ、優しさは。そんな矛盾を抱えている桂月也に、僕ができることはなんでしょうか』

「……ラーメン」

『分かりました』

くすくすと、陽介の声がからかっている。もしかしたら、時間距離を短くしたいという考えを、見透かされているのかもしれない。

（名探偵だもんなぁ……）

通話の終わったスマホを置いて、月也はもう一度、右手を見つめた。死にたい気持ちを表したような頼りない白い手を、きつく握りしめた。

高い空を仰いだ。

「あー……！」

何かしたかった。何をしたいのか分からなかった。ドロドロとしたエネルギーばかりを感じて、もどかしくて、悔しかった。

その視界を、ひらり、と茶色の蝶が飛ぶ。

追うように、月也は手を伸ばした。

（俺もいつか飛べるのかな？）

その時は、何者かになっているのかもしれない。あるいは、終わらせるために飛んでいるのだろうか。

惑って揺れ動くだけの耳が、誰かの悲鳴を捉える。ハッとして腕時計を見やれば、あと一分で講義開始時間だった。

（やべぇ、話し過ぎた！）

弁当箱をメッセンジャーバッグに放り込んで、転げるように駆け出す。

慌てる月也を馬鹿にするように、茶色の蝶が追い越していった。


陽介とは、駅ビルの二階入り口で待ち合わせをした。それがちょうど、改札を出てまっすぐの位置にあたるからだ。

チェーンのコーヒーショップがあることも、万が一遅れた場合、待たせるのにちょうどよかったけれど。

（なんかまた、巻き込まれてるし……）

感染症流行前よりも減った座席。より通路に近いソファに、陽介は知らない女の子と一緒に座っていた。ラメが光る青い星型のヘアアクセサリーで前髪を飾った女の子は、七歳くらいだろうか。マスクは年齢をあやふやにした。

「犯罪」

コーヒーショップと通路を区切る、フェイクグリーンの外から声を掛ける。陽介は眼鏡を押し上げると、あなたには言われたくない、と視線を険しくした。

鞄を押し付け、月也は注文カウンターに向かう。交通系電子マネーでアイスココアを買うと、陽介のとなりに座った。

「デートの邪魔して悪かったですねぇ」

「だからぁ」

「こんにちは！　越場唯奈《こしばゆいな》です」

唯奈はぴょんと立ち上がると、丁寧にお辞儀した。月也は頬杖をつき、興味のなさを目に宿す。前髪に隠れがちなそれを、唯奈が気付いたかは分からなかった。

「初対面の人にフルネームを告げるのはやめた方がいいですよ」

子ども相手だろうと変えることなく、素の自分を隠した敬語で応じる。かえって冷たい印象を与えるかもしれないが、月也にはどうでもよかった。

「どういった犯罪に巻き込まれるか分かりませんから」

「でも。日下さんのお友だちでしょう？」

唯奈は細い首を傾けてソファに戻る。両手につかんだグラスには、月也と同じアイスココアが入っていた。月也はなんとも言えない気持ちでマスクを下げ、自分のココアを一口すするとすぐに戻した。感染症下では仕方がないとはいえ、手間がもどかしい。

「それで、陽介くん？」

説明を求める。ホットコーヒーのカップを右手に、陽介は視線をさまよわせた。

「迷子を保護しただけです」

「迷子？」

「あたし！」

「それは分かります。そういう単純な状況ではないから尋ねているんです。本当にただの迷子なら、速やかにインフォメーションに行きましょう」

やだぁ、と唯奈は頬を膨らませる。陽介も、戸惑った様子でコーヒーをすすった。

「迷子を保護したのは本当なんだって。ただ、すぐにお母さんも見つかったけど」

「ふぅん？」

「……ベビーカーに妹ちゃん連れてるお母さんで。毎度のように迷子になる唯奈ちゃんに困っているみたいだったから、その、お買い物の間チャイルドシッターしようかって」

月也はマスクの中にため息をこぼす。こもっているせいで、ココアの甘い香りがいっそう強く感じられた。

「母親もまあ、よく素性も知れない青年に任せる気になりましたね」

「学生証預けてるから」

「なるほど」

担保があるわけだ。もし陽介が、誘拐なりの事件を起こしたとしても、母親は素性につながる証拠を確保している。それならば、少しは安心できるだろう。

まして、公立大学教育学部所属という肩書だ。教員のたまごとあれば、ますます心のハードルは下がる。先生であっても事件を起こすことはニュースを見ていれば分かることだけれど、まさか、堂々と身分を証明した上で犯行に及ぶとは思うまい。

「さすが、日下くんですね」

わざと苗字で呼ぶと、陽介は頬を膨らませた。相談役「日下」の家で育った彼は、どうしようもなく他人を放っておけない。どんなに家柄を嫌っていても、手を差し伸べてしまうのは、もともとそういう性質でもあるのだろう。

滲み出る性格は、相手の警戒心も薄れさせる。おそらく、月也が同じことをしても、唯奈の母親は断ったはずだ。そんなことを思いながら、月也はマスクの隙間からココアをすすってみる。ホットにしようか迷ってアイスにしたのは正解だった。マスクがある状況では、ストローの方が飲みやすい。

「じゃあ、ここからは、さすが月也さんですね、にしてもらいたいんだけど」

「ん？」

「ね、唯奈ちゃん」

「そうなの、探偵さん！」

事前に打ち合わせしてあったらしく、唯奈はキラキラと目を輝かせた。月也は眉を寄せる。偏見と言われようと、子どもが抱える事件程度、陽介が解けないとは思えない。わざと解かなかったのだ。

何故か。月也に解かせた方がいいと、判断するような事件だったから……。

月也は前髪にふれ、警戒を強めた。

月也の顔色に気付くことなく、唯奈は依頼人を気取ってココアを口に運んだ。

「あのね、探偵さん。あたしどうして迷子になっちゃうのか分からないの」

「……は?」

そんなの、方向音痴か、注意力散漫か、気質によるものでしかないだろう。事件にすらならない依頼に、月也は思わず陽介を睨んだ。答えを出している様子の彼は、わざとらしく斜め上に視線を飛ばしてコーヒーカップに唇を寄せる。

月也は舌打ちして、脚を組んだ。

「唯奈さんが迷子になるのはどういった時なのでしょう?」

当たり前すぎる質問を口にするしかない自分に、月也は戸惑いを覚えた。茶番か、ごっこ遊びだ。チャイルドシッターなのだから、そういうことかもしれない。

唯奈はゆっくりと瞬くと、真剣な顔で答えた。

「ママと遥奈《はるな》とお買い物に来た時」

遥奈というのが妹だろう。増えた情報はその程度で、彼女の答えもまた当たり前すぎるものだった。出掛けなければ迷子になるはずもない。

「……お買い物の時だけ、なのですか?」

「そう!　お散歩とか公園とかでは大丈夫なの。でも、お店の中だと迷子になっちゃうのよね。謎でしょう!」

「ええ……」

相槌を打ってみるものの、本音ではなんとも言いようがなかった。店内の方が遮蔽物が多い。商品といった、唯奈の興味を引くものもあふれている。環境条件が、彼女を迷子にしているだけとしか考えられなかった。

頭を抱えたくなると、くすくすと陽介が笑った。

「難事件でしょう、探偵さん」

「……………」

「えぇ、探偵さんでも解けないの？　じゃああたし、一生迷子のまんまなのかなぁ」

「さすがに一生はないでしょうけれど……」

月也は甘さを求めストローを咥えた。

事件の本質が分からない。そもそも「事件」であると考えられない。出発点が不明過ぎるのだ。論理の取っ掛かりとなる始まりが分からない。

七歳程度の子どもが、店内で迷子になることの、どこに不可解さがあるのか……。

（陽介め……）

助手のふりを決め込む名探偵を恨めしく思う。分かっているのに知らんぷりで、べっこう色の眼鏡を押し上げる仕草がまた腹立たしかった。

（……陽介は、分かってる？）

飄々とした横顔を睨んでいた月也は、ふと、違う視点に気が付いた。唯奈のことは分からないけれど、陽介のことなら分かる。彼がこれを事件としたなら、そうあるべき何かがあったということだ。

（与えられている情報が同じだと仮定すると、陽介ならどこに引っ掛かる？）

記憶を辿る。さほど多くない情報の中に、少しばかり奇妙に思える発言があった。

──毎度のように迷子になる唯奈ちゃんに困っているみたいだったから。

迷子になることは仕方がない。けれど「毎度のように」迷子になるものだろうか。それほど繰り返しているなら、気を付けようと思うのがふつうだ。母親の方も、唯奈は迷子になりやすいからと気を配るはずだ。

それでも迷子になるのだとしたら……。

(意図的に迷子になっている？)

しかしながら、唯奈にその自覚はない。わざと迷子になっているのであれば、探偵などに依頼したりしないだろう。母親の方はどうか。迷子になることを分かっていながら、手を打つでもない。

(困るくらいなら何かすればいいのに……)

放置しているのは、考えが回らないからだろうか。何故か。他のことで手一杯で余裕がないとしたら、迷子になるくらい放っておくかもしれない。これまでのところ、唯奈は無事に戻ってきている。迷子くらい大丈夫、と安全バイアスが働いているのだろう。

では、母親は何に忙しいのか。

「唯奈さんは、以前から迷子になるタイプだったのですか？」

陽介の横顔を睨んだまま問う。「当たり」だったようだ。陽介はマスクをしていても分かるくらい楽しそうに微笑んだ。

「昔はそうでもなかったよ」

「では、いつから？」

「えっと……遥奈と一緒にお買い物行くようになってから、かなぁ？」

「なるほど」

舌打ちしたい気持ちと共に月也は背もたれに沈み込む。腹の上で両手の指を組み合わせて、軽く睫毛を伏せた。

どうして、唯奈が迷子になるのか分かった。

どうして、陽介があっさり解き明かしたのかも。

ホワイダニット――動機。どうして。陽介が謎を解くときに重要視している取っ掛かりだ。どのように、という方法にとらわれがちな月也とは違う視点。

けれど、もう、分かってきている。

とけて形をなくし、揺れ動くことしかできない自分を知るにも。誰かが起こす事件の本質を知るにも、どうして、が必要だ。

どうして、殺そうと思ったの？

どうして、家族でありたいと思ったの？

どうして……。

「先輩？」

「ああ……えっと、そうですね。どこから始めたらいいと思いますか、陽介くんは」

やるべきことは、唯奈に気付かせることだ。迷子になってしまう深層心理。心の中にある気持ちと向き合わせるには、月也はあまりマトモな思考を持っていない。強引に見せ付け、泣かす真似ならできる。けれど、学生証を担保に取られている彼に、迷惑が掛かるようなことは避けなければならない。

陽介はホットコーヒーを飲み干すと、白い不織布マスクを付け直した。

「ね、唯奈ちゃん」

呼びかける声は軽く穏やかで、深刻さを感じさせない。きっと先生になった時にも同じように語るのだろうと思うような、子どもの耳に馴染みそうな声音だった。

「迷子になると、お母さん怒るよね。どうしてかな？」

「心配だからだよ。いっつも言われるもん。心配したんだからって」

「うん。じゃあ、お母さんに心配されるとどんな気持ち？」

「どんなって……」

唯奈は口を尖らせて、アイスココアのストローにふれた。何かを感じ始めたのだろう、うつむき、大きな目をさまよわせた。

「嬉しい気持ち、かな」

「そうだね。おれも心配されると嬉しいもん。ああ、ちゃんと見てくれてたんだなって。月也さんはどう？」

うるせぇ、と答える代わりに、月也は音を立ててアイスココアをすすった。当然、陽介にはそれで伝わる。くすくすと喉を鳴らされた。

「じゃあ、唯奈ちゃん。お母さんがしてくれたことで、最近、嬉しいなぁって思ったこと教えてくれる？」

唯奈は小さく首をかしげ、ストローでカラカラと氷を鳴らした。

「ママ、ずっと遥奈のことばっかりだからなぁ……」

「そうなんだよねぇ。おれも妹いるから分かるけど、ずっとそっちばっかり見てて、おれのこと忘れちゃったのかなって悲しくなるんだよね」

「そうなの！」

唯奈は飛び跳ねそうな勢いで頷いた。「ねぇ」と陽介は、共感を強めるように眉を寄せてみせる。けれど、半分以上が演技だ。いくら幼かったとしても、妹に母親を取られたと嫉妬するような兄ではない。

日下家長男として生まれた瞬間から、彼に求められたのは絶対的な「平等」だ。嫉妬するほど特別な感情を、妹に向けたはずもなかった。素直に「むかつく」と愚痴をこぼせるようになったのは、おそらく大学生になってからだ。

（日下の話術にはまっちゃって……）

なんとなく、月也は唯奈に同情したくなった。にこにこと味方のふりをする彼は、この後、彼女を真相に導く。真綿のように優しく首を絞めるのだ。

いいや。唯奈は絞められたことにも気付かないだろう。自分から「気付いた」と、勝手に反省するのだ。

「でもさ、唯奈ちゃん。さっきおれに教えてくれたよね、嬉しい気持ちになったって」

「……ママに、怒られた時のこと？」

「そうそう！　心配してもらって嬉しかったんだよね。ちゃんと見てくれてるって分かるから、安心したんだよね」

「…………」

唯奈はパチパチと瞬いた。長い睫毛が上下する度に、黒い瞳が右へ左へと移動する。まるで、思考に連動しているかのように。

三分くらい、彼女はそうしていたかもしれない。

突然、大きく目を見開いた。

「だから迷子になってたの！」

「だから？」

「うん。きっとそうだったの。あたしママを心配させたかったんだ。怒ってるママは怖いけど、でも、その時は遥奈じゃなくって唯奈を見てくれるんだもん。だから迷子になってたのかもしんない」

そっか、と陽介は柔和に目を細めた。そうして頬杖をついた彼の視線は、唯奈を向いてはいない。あとは先輩に任せますよ、と言いたげに月也に向けられている。

「……では、ここから考察していきましょうか」

「考察って？」

「理科実験での意味は、得られたデータを分析しより深く考えること、でしょうか。予想していた通りだったのか、違っていたのか。データによっては再度実験を行うことを考えたり、発展させて、次に成すべきことを考えたりします」

「簡単に言えばね、このまま迷子になっちゃう唯奈ちゃんでいいのか、しっかり考えてみようってことだよ」

「迷子は、駄目だと思う」

　しょんぼりと唯奈は肩を落とした。氷にまとわりついた生クリームをつつき、困ったように口を尖らせた。

「でも、どうしたらいいか分かんない」

「だからこそ、考えてみるんです。今、迷子になる理由は分かりましたよね。母親に見てもらいたかったからだと……」

　自分の言葉に苦みを感じる。月也は口の中をココアで満たし、感情ごと呑み込んだ。それがかえって胃痛を呼んだ。

「だとしたら。思考の起点は、どうしたら見てもらえるか、になるのでしょう」

　限界を感じ、月也はアイスココアのグラスを陽介に差し出す。頷くように瞬いて、彼はグラスを受け取った。

「例えば……何か褒めてもらったこととかってないかな？」

「お絵描きはすごいんだよ。クラス代表でコンクール出してもらったら、ママ、すっごく喜んでくれた」

「わぁ、いいね！　じゃあ、お絵描き帳持ってお買い物行こうか」

「駄目だと思う」

「え、そう？」

「邪魔だし。お店でお絵描き始めたら、もっと迷子になっちゃいそうだもん」

そうだねぇ、と陽介はストローに口を付けた。どうしようかぁ、と首を捻る姿は、月也にはわざとらしく見えて仕方がなかった。

「じゃあどうしたら、ママは唯奈ちゃんを見てくれそう？」

「んー……遥奈と遊んでると、ママ、ちょくちょく見にくるよ」

「へぇ、どうしてだろ」

「たぶん、あたしがいじめてないかって心配なんだと思う。遥奈まだちっちゃいから、あたしじゃお世話できないって思ってそうだし」

「そう？　おれには唯奈ちゃん、しっかりした女性に見えるけど。恥ずかしがらないで、こんなにいっぱいお話してくれるし」

笑顔を向けられた唯奈は、急に恥ずかしくなったようだ。顔を赤くしてうつむいた。カツカツとグラスの中の氷をつついて、しっかりした女性、という言葉を繰り返す。かなり嬉しく感じたらしい。

（あー、「お姉ちゃん」じゃねぇからか）

背もたれに沈んで胃を押さえていた月也は、陽介の言葉選びの意図を悟った。妹をお世話する女の子を褒める時、さほど考えもせず「お姉ちゃん」を使う可能性の方が高い。

しっかりしたお姉ちゃんだね、と。

陽介はそれを避けた。しかも子ども扱いせず、女性という言い方を選んだ。日下家長男として、きょうだい順の重みを知っているからだ。教育学部として、子どもは子ども扱いされることを嫌がると知っているからだ。

（陽介も無理してんのか……）

きょうだい絡みの事件に陽介は敏感だ。笑顔を見せていても、ストレスを抱え込んでいる。それなのに自分は、胃の痛みに負けている。

左脇腹の傷が疼いていると、感じてしまっている。

「では一つ、ぼくからアドバイスを」

深く息を吐き出して、月也は背もたれを離れた。陽介が目を見開くのを前髪の隙間から感じながら、できる限り不敵に笑ってみせた。

犯罪者思考のアドバイスしかできねぇけど……心の中で前置きする。

「遥奈さんが乗るベビーカーを、唯奈さんが任せてもらえばいいんです。そうすれば、心配した母親は、二人から目を離せません。唯奈さんは迷子にならずに済みます。何より、あなたがちゃんと世話できることを見せつけることで、母親を見返してやる効果も期待できます。いじめたりしない、立派なレディだって。そう思っていると、ちょっとワクワクしませんか？」

唯奈はパチパチと瞬いて、瞳をふらふらさせた。今度は三分とかからずに、パッと顔を輝かせた。

「ワクワクする！」

「では、もう一つ、レディにしかできないワクワクをあげますね」

月也はピンと立てた人差し指を、マスクの口元に添えた。

「ぼくらが探偵だということを秘密にするんです。大人でも難しいミッションですけど、唯奈さんはできますか」

「頑張ってみる」

唯奈が頷いて、ほとんどすぐだった。遥奈を連れた母親が、フェイクグリーンの向こうから声を掛けてきた。

「すみません。お世話おかけして……」

差し出されたのは学生証だけではない。地下に入っている老舗洋菓子店の袋に、陽介は戸惑って遠慮を示す。退屈な形ばかりのやり取りを横目にしていると、

「探偵さん」

こそっと呼びかけられ、月也は右を向いた。内緒の話があるからと、唯奈は小さな手をひらひらさせる。面倒に思いつつ、月也は顔を寄せた。

前髪に、星型のヘアアクセサリーを留められる。

「やっぱり！　目、出してた方がカッコいいよ」

「……………」

「報酬です」

くすくす笑いながら、唯奈はフェイクグリーンの向こうに駆けていく。さっそくベビーカーを押して歩き始めた。母親は慌て、陽介に紙袋を押し付けて追いかける。

「あ、先輩」

前髪のないクリアな状態で、ばっちり陽介と目が合ってしまった。月也は急いでヘアアクセサリーを外し、ぐしゃぐしゃと前髪を元に戻す。

「似合ってましたよ」

「うるせぇ」

「ちなみにその髪飾り、一昨日もらったばかりの誕生日プレゼントだそうです。先輩が来る前、きれいでしょって自慢してました」

月也は握っていた手を開き、星のヘアアクセサリーを見つめた。ラメが散りばめられた青い星は、少し角度が変わっただけでもキラキラと光る。

「よかったですね、先輩。桂月也だからこその言葉が届いて」

「俺だからこその……」

死神めいた手のひらの上でも、星はきれいだ。反射する青い光を眺めているうちに、月也はチラチラと閃きの欠片を見つけた気がした。

ラーメンを待っている間に、欠片は結晶へと成長する。そのまま思考の中で育て、陽介が風呂に行っている間に永一にメッセージを送った。

【エレガントな犯行プランを作れそうですよ、朝井先輩】

＊ルーメン［lm］明るさの単位

第4話　十月十七日／月齢〇・四　マンハッタン

久しぶりのラーメン屋の日。迷子のレディを、桂月也らしいアドバイスで助けてから約十日。

土曜日だというのに、月也は大学に出掛けていった。

生物学部にイキモノの世話を手伝うように頼まれた、と言っていたけれどあまりにも胡散臭い。とはいえ陽介が、百パーセント疑ってかかることもできなかったのは、彼のバイト先がＰＣＲ検査センターだからだ。

（生命工学科教授のコネとか言ってたっけ……）

梅雨の頃。月也の目的はＤＮＡ鑑定を行うことだった。その流れであり付いた、感染症下だからこその仕事を、彼は真面目に続けている。理科に関する現場というだけで居心地がいいのかもしれなかった。

そういった経緯――生物学部と無関係とはいえないという点が、「黒」と言い切れない理由ではある。けれど、やっぱり黒なのだろう。陽介はため息をついて、洗濯かごの中からシャツを取り出した。洗い立ての月也の服も黒い。基本的に暗い色しか選ばないのは、犯罪者であろうとする気持ちの表れだろうか。

（無駄に似合ってるのがムカつくんだよなぁ）

しわを伸ばしてハンガーにかける。見慣れているせいもあるけれど、月也が明るい色の服を着ていたら、違和感がひどそうだった。

（今度わざと、カラフルな服プレゼントしてみようかな）

一人、ケラケラと笑って陽介はため息をついた。自分の、量販店でテキトーに選んだ薄い長袖を干して、空を見上げた。

晴れてはいる。

けれど、ぼんやりと広がる雲に、陽介は雨の予感を覚えた。

「先輩……」

どうしようもできないため息をこぼして、洗濯かごに向き直る。夏の終わりにはひどい量の洗濯をさせられたと苦笑して、ソックスをつかんだ。

「今度は何をしているんですか？」

答えが返ってくるわけでもないのに、つい、問いかけてしまう。分かっていても、本当に返事がないことがむなしくて、陽介はいっそう眉間のしわを深くした。

ソレは、たぶん、「迷子の日」あたりから始まった。

今まではさほど気にしていなかったスマホに、月也は頻繁に目を向けるようになった。実際、連絡も来ているようだ。重く垂れた前髪の間に見え隠れする瞳をきらめかせて、にやにやと笑って、いたずらっ子のような顔で返信を行っている。

あれは、犯行計画を企む時の顔だ。

共犯者となった夏に見た顔と同じなのだから、間違いない。

(案の定、はぐらかされただけだったなぁ……)

ちらっと探りを入れてみた時には、「もうすぐハロウィンだからじゃね？」などと、柄にもないことを口にしていた。最近楽しそうですね、という言葉選びが間違いだったのかもしれない。

「ったく。何がハロウィンだよ……」

やり場のない気持ちを払うように、陽介は黒いソックスを振り回す。陽介も靴下は汚れの目立たない黒を選ぶから、こればかりはどちらのものか区別がつかなかった。

ソックスはサイズに幅があるためだ。靴のサイズは違っているけれど、ソックスが示すセンチの範囲内に二人ともおさまっていた。

だから、黒いソックスは共有だ。

けれど……それを履く本体は、一緒ではないのだ。

「君がスパイだったらよかったのにね」

馬鹿げたことを呟いて、陽介はソックスを洗濯ばさみに吊るした。擬人化はあり得ないとしても、盗聴機能でもあれば、少しは不安もなだめられるかもしれない。

（知ったら知ったで面倒なだけかもしれないけど……）

何を企んでいるか分からない場合と。

何を企んでいるか分かっている場合と。

どちらの方がより、気は休まるのだろうか。あらゆることを想定して、想像して、訳が分からなくなるよりは、知ってしまっている方が気楽だろうか。

（あー、でも……）

最後のタオルを干し終えて、陽介はカゴの取っ手を握る。再び、羽のような薄い雲が広がる空を仰いだ。

（死にたそうではないんだよな）

むしろ楽しそうだから、陽介は余計に判断に困るのだ。このままそっと、見守っているのが正解で、余計な詮索はかえって信頼関係を壊すかもしれない。

「信頼か……」

目には見えないそれがあるのか、ないのかも、考えてみれば分からなかった。親しいようでいて、たぶん、互いに踏み込むことを避けている。

遠慮とも言えるし、礼儀とも言えるかもしれない。

けれど、最も適切な理由は「他人」だからだ。口では「家族」と言ってみても、同じ家に暮らしていても、どうしようもできない一線があることは分かっている。

（仕方ないんだよな……）

気付き始めていることから目を逸らし、陽介は室内に戻った。脱衣所にカゴを置き、インスタントコーヒーを淹れる。課題のためにノートパソコンをリビングテーブルに運び、やる気なくソファに寄り掛かったところで、月也の忘れ物を見つけた。

（珍しいな）

テーブルの足元に落ちていた腕時計を拾う。出掛ける時は必ず持っていくのに——思って、今朝は急いでいる様子だったことを思い出した。何かの拍子にテーブルから落ちた時計を探す余裕もなかったのは、緊急事態だったからか。

（だから言い訳も雑だったのか……）

イキモノの世話など手伝うタイプではないのに。

嘘すらまともにつけないほどのトラブルだったのなら、喜ぶべきことかもしれない。そのまま「犯行計画」が頓挫して、何も起こることなく、月也も誰かも犯罪者にならない。きっとその方がいい。

「…………」

いいはずなのに、呑み込めない気持ちがある。

きっと、あの「目」のせいだ。唯奈の青い星が暴き出した、強くまっすぐに光る瞳。前髪のヴェールがないだけで、あんなにも印象的になるとは思わなかった。

それほどまでに月也は、「企てる人」なのだと、再認識してしまった。

（本当、面倒くさい息子さんですよ）

頬杖をつき、陽介は月也の時計を目の高さに掲げた。詳しくなくても分かる高級ブランド品は、高校入学時に父親がくれたものだという。

そこに愛情はなく、見栄と、「桂」としての体裁のためのアイテムでしかなかった。

律儀に使い続ける理由を月也は、時計に罪はないからとしていたけれど。それ以上の想いがあることくらい、陽介は分かっていた。

（……アナログ時計。なんか久々に見たかも）

腕時計を持たない陽介は、時刻をスマホに頼っている。家の壁にも時計はなく、大学でも時間が気になる時はスマホを使っていた。

規則正しく回る秒針を眺めたのは、いつが最後だっただろうか。

そんなくだらないことを「家族」から目を逸らすために考えたのは、確実に昨日の依頼のせいだった。

【ニックネーム　花時計さん】
彼氏が遅刻魔なんだけど！　腕時計あげたら、返してきやがったの！

一番いらないものだからって、ひどいでしょ！

「……依頼？」

月のない夜のベランダで、月也はひどく奇妙そうに首をかしげた。その気持ちを充分過ぎるほどに理解しつつ、陽介はアイアンテーブルにガラス製の小鉢を置く。本日のデザートは秋らしく、豆腐入り白玉団子とサツマイモ餡だった。

「たぶん。愚痴なら友人にこぼすでしょうし。ログインを必要とするサイトのメールフォームに誤送信するなんて考えにくいですし」

「そう判断してるくせに、助手としての接触もしてねぇんだな。昼からずっと放置って、陽介にしては珍しいじゃん」

「まあ……先輩に相談してからの方がいいと思って」

陽介もアイアンチェアに腰を下ろし、ほうじ茶の入ったマグカップをつかんだ。つられたように月也もカップを手にする。唇を湿らすように飲んでから、舌打ちのように息を吐き出した。

「無視でいいだろ。こんな、伝えようって意思のない奴なんてさ」

「意思はあると思いますけど」

わざわざログインしてまで愚痴をこぼしているのだから、相応の意思はあるだろう。依頼として不十分というだけで、花時計には「助けて」という思いがあるはずだ。

（もうちょっと情報を送ってくれてたら、対応の仕方も考えられるのに）

テーブルの中央でメッセージを表示する、ひび割れたスマホを陽介は見つめる。もどかしく思っていると、月也の白い指先が伸ばされた。

スマホにふれる手前、画面が暗くなると、指は彷徨うようにサツマイモ餡団子の容器をつかむ。陽介の心を乱している依頼文を、見えなくしようとしたのかもしれない。

「……陽介が和菓子って珍しいな」

「あー、そうですね。僕のレベルじゃ洋菓子ほどバリエーションを出せないので……小豆も上手に炊ける気がしませんし。敷居が高く感じちゃうんですよね」

「市販の餡で済まそうとしないところがお前らしいな」

感心したような、呆れたような笑みを浮かべて、月也は白玉団子にフォークを刺す。黄色に黒い粒の混ざったサツマイモ餡をたっぷりとまとわせてから、口に運んだ。

どうかな、と陽介は見つめる。

あ、と月也は目を見開いた。

「これ、キヨのレシピだろ」

「はい！　一口で分かるって、やっぱりキヨさんの味は、先輩にとって特別なんですね」

「まあ……食わなきゃ死ぬしかなかったからな」

もぐもぐと咀嚼しながら、月也は斜め下に向かって呟く。陽介はなんとも言えない気持ちでフォークを握った。

月也の父も母も、料理などしなかった。

家事もまともにこなしていたとは言えない。母、清美は「箱入り」のお嬢様で、手伝いに任せることが常識だと思っていたようだ。

その手伝いが、キヨだった。

現在、恐らく八十歳を過ぎている老婆が役割を果たしているのは、月也の出生に曰くがあるからだ。

不倫相手に産ませ、取り上げ、本家の血筋と偽られた子ども。

嫉妬深い清美は、当然、月也を受け入れなかった。平気で刺し殺そうとし、失敗すると離れ家へと追いやった。殺せないのなら「いないもの」として扱うまでと考えたようだ。

入り婿の父は清美に逆らえず、同じように月也を雑に扱った。

それでも、まだ、居ることを認めていただけましかもしれなかった。

そんな桂家の「裏」を腹に抱えて、飄々としていられるのは、あの町ではキヨくらいしかいなかった。何もせずに生かすことだけをするには、「日下」はお人好し過ぎだった。

「だから……作ってもらってる立場で口出しすんのはどうかなって、何か言おうって気も起きなかったんだけど。なんか、この餡の時だけ気まぐれで、すりごま入れた方が美味いんじゃねぇかって言ってたんだよ」

「そうだったんですか」

陽介はうつむくようにガラス容器のサツマイモ餡、その中の黒い粒を見つめた。

「僕には何も言ってくれないのは、立場をわきまえてるせいですか？」

「まさか。なんで俺が、陽介相手に遠慮しなきゃなんねーんだよ」

「そうですね。本当にそうであってくれたら、嬉しいんですけど」

「どういう意味だよ」

「さあ？　ただ、なんとなく」

誤魔化すように笑って、陽介は白玉団子を頬張った。

本当は「なんとなく」などではなかった。「家族」としての距離感が揺らいでいることを分かっているから、遠慮などいらないと、口出ししてほしいと、わがままな気持ちを抱いたのだ。

（黙っちゃう時点で、僕も同じなんだよな……）

どうして家族でありたかったのか。

梅雨の雨の中で分かった気がしたのに、今ではまた、分からなくなっている。

遠雷の去ったベランダで、家族であることを約束したから、縛られてしまっただけのような気もする。

（やっぱり僕も、間違えてるんだろうな）

月也もたぶん、何かを間違えた。

お互いに気付きかけていて、言葉にすることを恐れて、観測しないようにしている。そんな奇妙な、あるのかないのかも分からないような、微かな違和感がずっと続いている。

だから——不意に泣きたくなるのかもしれない。

（先輩……？）

陽介は腰を浮かせ、月也の前髪に右手を伸ばした。彼はされるがまま、前髪をどける手の傷を視線で追っていた。

「どうかした？」

「……あの。青い星が見せてくれた目が、印象的だったので」

「今？」

「嘘です。泣いてるように見えたから、つい」

すみません、と呟いて陽介は椅子に戻った。パラパラと落ちていく癖の強い前髪の下、月也の目はからりと乾いていた。どうして「泣いている」と思ったのか、不思議に思えるほどに、いつも通りに暗いだけだった。

（ほんと、何がしたいんだろ僕は）

惑う目に、受信を告げるスマホは眩しすぎた。

【返事はすぐが常識じゃないですか！】

ニックネーム花時計が怒っている。依頼にも思えない文面だったことを棚上げする依頼人に、陽介は月也と一緒になって肩をすくめた。

「無視します？」

「いや。気晴らしに相手してやるよ」

「そうですね。気晴らしに」

それぞれに靄《もや》を抱え込んでいる今は、自分とは無関係の日常が必要なのだ。考え過ぎてぐちゃぐちゃにもつれてしまうくらいなら、同じエネルギーを誰かのために使ってしまった方がいい。

陽介は瞬きで気持ちを切り替えて、スマホをつかんだ。

【お急ぎとは気付かずに申し訳ありません。今でしたら、すぐに対応可能です。サウンドのみの音声通信、あるいはメール、お好きな方法をお選びください】

花時計は、本当にメール文を読み終えたのかと疑いたくなるほどの素早さで、音声による通信を始めた。

『よくそれで探偵なんて言えますね。そんなにのんびりしていたら、情報見逃しまくりますよ』

「そうかもしれませんね。まあ、どうしても必要な情報なら、自力で調べ上げることができるのが、探偵というものでもあると思いますけどね」

頬杖をつき、月也は右手に加熱式タバコを握った。ひび割れたスマホの向こうで、依頼人は信じられないと悲鳴を上げる。

『なんか、ミズノ君っぽいし！』

「ミズノ君というのが、腕時計の彼ですか」

そう、と答える花時計の息が荒い。せっかくのプレゼントを突き返されたことが、相当衝撃的だったらしい。

（まあ、怒りたくもなるかな）

きっと花時計は、ミズノのことを想って、悩んで、腕時計を選んだのだろうから。その気持ちを受け取ってもらえなかったら、ショックは大きいだろう。

（この調子だと、受け取り拒否理由とかもなかったっぽいし）

となれば、それを探り当てることが花時計の求めることになるのだろうか。なかなかに厄介そうだ。色恋沙汰に興味がない月也は、既に飽きた様子でスウェットのズボンに手を入れる。気怠そうにスマホを取り出した。

【陽介も積極的参加】

【えー】

理系探偵は先輩でしょ、と陽介は白玉団子を咀嚼しながら顔をしかめる。月也は白い指先を滑らせて、さらに文字を綴った。

【おねがい☆】

【うわー】

【強制終了？】

【却下】

関わっておきながら、見捨てるなんてできるわけがない。一緒に考えていく中で、一人では気付けなかった何かを見つけられるかもしれないのだ。たとえそれが「答え」ではなかったとしても、そうして寄り添うことには意味がある。

（……「日下」的だなぁ）

自分の考え方に呆れていると、ひゅるり、と煙が飛んできた。ひらひらと左手で拡散させて、陽介は月也を睨んだ。

「ちなみに助手もいるんだけどー」

軽い調子で参加表明する。

「ミズノ君ってどんな人？　最初のメールに遅刻ばっかりするってあった気がするけど、なんか理由とかあるのかな？」

『えー……わたしもあんまり知らないからなぁ』

「彼氏なのに？」

声を重ね、陽介と月也はそっくりに眉を寄せる。「彼氏」という言い方から、恋愛関係の深い仲を前提にしていたけれど、もっとドライで軽い関係のようだ。

（だから、プレゼントなんていらなかったとかなんじゃ……）

さほど親しいわけでもないのに困るから。もしかしたら、彼氏というのも、花時計の思い込みに過ぎないのかもしれない。

『だって、交際始めて、一か月とか？　くらいだし？』

「へぇ……」

さすがに、妄想上の彼氏ではないようだ。陽介は心の中でほっと息をついた。

『塾でしか会えないし。でも、塾には遅刻したことないんだよね。わたしとのデートの時ばっかり遅刻してくるの。ナマケモノぽくってさぁ。鞄からスマホ取るのも面倒だから、時計見れないとか言うんだよね』

「それで、腕時計をプレゼントすることを思い付いたんですね」

月也はサツマイモ餡が均一になるよう、白玉団子の上に伸ばした。いい具合に広がったらしく、満足そうに口に運ぶ。話をできなくなった彼に代わり、陽介は言葉を継いだ。

「そして、それを拒否されちゃったんだね」

『そう！　ひどいでしょ！　時計はボクに一番いらないものだからって。こっちは一生懸命考えて、これしかないってやつにしたのに！』

「うん。少なくとも、花時計さんがミズノ君大好きって気持ちは分かったよ」

微笑ましさに目を細め、陽介はほうじ茶をすすった。

遅刻ばかりで腹立たしい彼氏など、あっさり捨ててしまってもよかったのだ。それを、花時計は改善する方を選んだ。腕時計を贈ることで、ミズノに時間感覚を身に付けさせようと考えた。

それを台無しにされたから、彼女はひどく怒っている。

「遅刻されなかったら、その分長く一緒にいられるもんね。一分一秒も惜しいくらい、花時計さんはミズノ君が――」

『きゃあ！　いいです。そういう話じゃないんです。時計を拒否られたことが問題なんです！』

「馴れ初めは？」

『だからッ！』

「もしかしたらヒントになるかもしれないじゃん。ミズノ君のことも分からないのに、どうして時計を拒絶するのか、推理しろなんて無理だよ」

うぅぅ、とスマホの向こうで花時計は唸る。陽介はくすくすと笑って頬杖をついた。

『……わたしの動画のファンだって言ってくれて。ダンスなんだけど』

「すごい！　おれ、体育のダンスやばかったんだよね。探偵はどうでした？」

「……笑いを取ることくらいは成功したと思いますよ」

【フェードアウトする予定だったのに】

【駄目です】

月也は舌打ちする。面倒くさそうに加熱式タバコの先をかじってから、短く息を吐き出した。

「動画といい、情報速度に対する姿勢といい、依頼人は随分とデジタルな生き方をしているようですね」

『依存症じゃないよ！』

「そこまで言ってはいません。対して彼氏の方は、確定情報が多いとは言えませんが、アナログ的な印象を受けます。その違いが今回の件を生んだのかもしれませんね」

『そっか。チープなデジタル時計だったのが敗因ってことね』

アナログ時計なら受け取ってくれた、と花時計は解釈したようだ。呆れを隠そうともせずに「違います」と告げて、月也はタバコを深く吸い込んだ。

「時間と科学、文化、社会は相互に作用しているんです」

彼が漂わせた煙に、陽介は、時の流れを見たような気がした。

「昔、人に時間を与えていたのは太陽と月でした。日が昇ると目覚め、働き、沈めば眠るというサイクル。ひと月を計るものはまさに月でした。その後、修道院が鐘によって時間を管理し始めます。それもまだ、太陽に寄っていましたが、電気が生まれ夜が照らされると、時間は夜にまで延ばされます」

日のサイクルから、機械仕掛け、歯車のサイクルへ。初期の頃は分単位だった時計は改良され、秒を計れるようになる。そうして技術の進歩とともに、人の時間は細かく分割されていく。

「産業革命を経ると、時間はますます金銭と結びつくようになりました。かつては鐘の音が届く範囲が同時刻を共有できる限界だった時間は、電気により範囲を拡大します。インターネット、衛星通信が開発された今は、世界規模で同じ時間を使用していると言えるでしょう」

そして、と続けようとした月也に向けて、陽介は「ストップ」と手のひらを向けた。月也が口を閉ざすと頷き、ひび割れたスマホに向けてくすくすと笑った。

「理系探偵の意味分かったでしょ」

『うー……』

「今は理解しようとしなくてもいいし、いっそ聞き流しちゃってもいいよ。それでも、もし、心に引っ掛かる部分があったなら覚えておいて。それがたぶん、花時計さんの求める答えだと思うから」

『頑張ってみますぅ』

唸る花時計の声は自信なさげだった。陽介はわざと「ミズノ君愛されてるねぇ」と茶化す。短い悲鳴を上げた花時計は、恥ずかしさと愛をパワーに変えたようだった。

どうぞ、と陽介は手のひらで月也に続きを促した。

「……現在、世界が共通で使用している時計のリズムは、原子によってもたらされています。その性質には量子力学が絡んできますが、量子には厄介な性質がありますよね、助手くん」

「観測されるまでは存在が決まらない、でしょ」

「随分ざっくりと省略した説明ですけど、充分本質は捉えているから良しとしましょう。量子という、見られるまであやふやな状態というもののスケール感が、今、世界が使っている時計には組み込まれているんです。このことはとても、ユニークなことだと思いませんか。量子の性質の時間が人の社会に反映されるとしたら……」

太陽と共に生きてきた頃の時間感覚は、ひどく大雑把なものだった。歯車に置き換わると、分単位で金銭に影響した。夜を失い残業が生まれた。

では、量子の時間が、人に影響するとしたら？

「どうしてこんなにも、デジタルの時間を生きる人たちは、見られたがるんでしょうね」

「あるいは。どうしてこんなに、つながっていようとするんだろうね」

「観測されないと存在があやふやだから……意識的にしろ無意識的にしろ、そんな時計の支配力に気付いたとしたら、太陽任せの大雑把な時間を恋しく思うのかもしれません」

「でもさ」

陽介は黒いマグカップを傾けると、少し唇を湿らせた。

「ミズノ君は花時計さんの動画を知ってたじゃん。完全にアナログの時間だけを生きてるわけじゃないと思うんだよね」

「そうですね。だからこそ憶測が働くのですが……デジタルの時間を過ごしていた頃、彼に何かあったのではないでしょうか。そのことで傷付き、アナログの時間へと生き方を変えた。時計などに縛られない、彼なりの自由を求めているのかもしれません」

「だとしたら。これからどういう時間を生きるのか、それは花時計さんたちが二人で考えていくしかないんだろうね」

『わたしとミズノ君が考える時間……』

ぽつり、と呟いた花時計の声には、微かにきらめくものがあった。

きっと大丈夫。そう思えて、陽介はスマホのひび割れに微笑む。ミズノの過去によっては、花時計も傷付くことになるかもしれない。けれど、一緒に考えることを選んだ彼女ならば、きっと大丈夫だ。

月也も、もはや語ることはないとばかりにタバコの煙を飛ばした。

「これ以上の考察は不要ですね」

すっかり馴染みになった庭園のベンチで、月也は昨晩の、あまりに些細な時計に関する事件を思い出していた。あの時は考察など要らないと判断したけれど、ほかにも考えられることはあったかもしれない。

例えば、花時計のミズノに対する執着について。

陽介は可愛らしい恋愛話だと捉えていたようだけれど、二人の接点が花時計の動画であるならば、ファンを逃したくなかっただけということも考えられる。

量子のような、曖昧なデジタルの時間に支配されている花時計だからこそ。

確実に「見てくれる」存在を手放したくなくて、ミズノを手の内に囲っておこうとした。

そんな薄暗い感情を、恋愛というヴェールで覆い隠し、自分をも錯覚させ、愛する人を想うポジティブな人物を装ったという見立てだってできる。

ミズノはその不穏を察し、逃げようとしている——

（やっぱ考察って大事だな）

指定の場所を除き、ほぼ全てが禁煙のために吸えないタバコの煙を吐くように、月也は空に向かってひゅうっと息を吐いた。たっぷりと思考時間を使ってもまだ、永一は視界にも入ってこない。

（ったく、急ぎじゃねぇのかよ）

いつまで待たせるつもりだろうか。月也は時刻を知ろうとして左手首に目を向ける。そこには何もなく、腕時計をなくしたことを思い出した。

たぶん、家のどこかにあるのだろうけれど……いつもと違うことに落ち着かない気持ちになりながら、メッセンジャーバッグに手を伸ばす。サイドポケットからスマホを取り出した。時刻よりも先に着信に目がいく。

【時計忘れてますよー】

メッセージの下で、ハリネズミが「ＧＥＴ！」と陽気に踊っている。気の抜けるようなほのぼのとしたイラストに、月也はたまらず苦笑した。

（陽介だって色々抱え込んでるだろうにさ……）

荷物になっているのは自分だというのに、彼の態度は変わらない。そのことに、罪悪感と安堵を覚えながら、月也は返事を送ろうとした。

あり——二文字入力したところで消した。

（なんで言えねぇんだろ）

感謝を。どうしてうまく言葉にできないのだろうか。いくらでも言うチャンスはあったのに、いつも呑み込んでしまった。

胸の奥に溜め込んで、溜め過ぎて、うまく取り出せなくなってしまった。

陽介への返信をやめて、バッグに仕舞う。ホログラフィック宇宙論の本を取り出した。

（馬鹿だな……）

開いてみたものの集中できない。

仕方なく、本とスマホを取り換える。トークアプリのアイコンをタップして、朝食後すぐのタイミングで届いた、永一からのメッセージの考察を始めた。

【庭園！　緊急事態かも】

宇面は焦っている。だから、急ぎで来てみたけれど、本当に緊迫しているわけではないだろう。どうしようもできないほど慌てるような事態だったなら、すぐにでも電話してきたはずだ。

（さすがに、彼女に何かあったってわけじゃねぇか……）

悲劇を望んでしまうのは、自分がそうありたいからだ。そして彼女——明音が永一に送った最後の言葉には、そういう意味も含めることができたからだ。

十日ほど前に見せられた、たったの三文字。

【終わろ】

あまりにも短い言葉は、それ故に容赦なかった。

何を、という具体的な目的語がないために。永一は、終わるものが何かを自分で考えるしかなかった。

永一が真っ先に考えたのは関係だった。落ち込ませてしまったから、生きることかもしれないとも考えた。メッセージのやり取りを、と安易なことも考えたりしたようだ。大学。CAという夢。ステイホームで増えた体重を落とすためのダイエット……。

思いつく限りに、明音に「終わらせるもの」を問いかけてみたらしい。

すべての言葉は、既読だけで無視されてしまった。言葉のない行動が、二人の関係が終わったのだと、ありありと伝えてきていた。

最初に考えた通りに……どれだけ言葉と思考の沼に希望を求めても、「別離」は変わらないと知るだけだった。

けれど、彼は「喪失」を受け入れられなかった。

失ったことの復讐のために、思い出という「自己の世界」の破壊を望むほどに……。

(それならいっそ、死んだ方が楽なのに)

月也は薄く曇った空に目を細める。

今という時間の中で事件を起こして、過去を塗り替えるよりも。「この世界」そのものに別れを告げてしまう方が手っ取り早い。

それをせず、生きることを選ぶ理由は、月也には分からなかった。

(恋は盲目か……)

永一の、おそらく一番の犯行動機を思う。

盲目的なまでに明音しかいなかったから。彼女との関係性しかなかったから、失われたことで、バランスを崩している。ほかに向ける目があったなら、こうはならなかったのだろう。

（水渓先輩もそうだったっけ）

彼の犯行動機もまた、大切な人との関係性の消失だった。「それしかない」というのは、そういう危険を孕んでいるのだ。

失った瞬間に、どうしようもなく壊れてしまう危険性を。

（俺は……）

月也はスマホから右手を離し、指先を見つめる。白くて頼りないこの手は「それしかない」をよく知っている。

初めてつないだ手のぬくもりを知っている。

それが、失われたとしたら――

「ごめん、桂。まさかさぁ、自転車がパンクしてるなんて思わなくってさぁ」

永一の声に救われた気持ちで、月也は思考を止めた。仮にだとしても、失われた場合など考えたくはなかった。だから、茶化すように永一を見上げた。

「緊急事態？」

「悪かったって。なんかこう、歩いてきたら、大袈裟だったなって。適度な運動がオレを冷静にしてくれちゃったんだけど。まあ、呼び出しちゃったし一応話すけど」

黒いマスクを外して、永一はとなりのベンチに腰を下ろす。一つ深呼吸をしたのは、マスクの鬱陶しさから解放された喜びだろう。月也も同じだったから、永一が来たところで装着する気にはなれなかった。

「今朝のニュースでさ、発表自体は昨日だったみたいだけど、原発処理水の話があったじゃん。海洋に放出するなんてさ。アレ見たらなんか不安になっちゃって」

「あー……朝井先輩って、福島出身だったんですか」

「そ。福島の小さな漁村で、きれいな海と一緒に育ったの。だからなんか、ホームが汚されるんだなって気がしちゃって」

きつく眉を寄せた永一は、思い出したようにボディバッグを開けた。缶のミルクココアを二本取り出し、一本を月也へと放り投げる。

「国とか機関とかのデータがあって、安全性は保障されてるんだろうけどさ。風評とか心の問題ばかりはどうしようもねぇじゃん。理科のオレでもこう、ざわざわしちゃうんだからさ、明音の方がよっぽど傷ついてるだろうなって。海もさ、あいつの原点みたいなもんだからさ」

「原点？」

飛んできた缶をどうにかキャッチし、月也は形ばかりに相槌を打つ。永一は、プルトップを見つめて深く頷いた。

「海が大好きだからさ、世界中の色んな海を見てみたいって。そんでCAって発想になったみたい。色々な海を見て、それでもきっと、故郷の海が一番きれいって思うんだろうなって……」

その海に、原発処理水が流される。

新型感染症の影響で夢を奪われ、絶望している彼女にとって、追い打ちとなるように。原点の海まで汚されたら、彼女は生きることを終わらせてしまうかもしれない。

遠く、西の地で一人、部屋に閉じこもっている彼女は。

独り、死を選んでしまうかもしれない。

「ヤバイってなったけど。でも、オレってもう関係ないじゃん。既読スルーの男が何を心配したって、無意味なんだなって。明音の記憶があることがキツイなって」

壊した方が楽だよね、と呟いて、永一はプルトップを開けた。

そうですね、とやっぱり形だけで頷いて、月也はぬるいココアの缶を見つめた。陽介がいればいいのに……願っても仕方がないから、気の利いた言葉を求めて知識を頼った。

(原発か……)

原子力研究を発展させたのは、量子力学の父ニールス・ボーアだ。彼と、かつての教え子ジョン・ホイーラーは、ウランの謎を解明した。

自然界には約〇・七パーセントしか存在しないウラン同位体、U235。その原子核に中性子がぶつかると、核は自由な中性子と、大量のエネルギーを放出して分裂する。

U235が充分な量あった場合。

分裂で生じた中性子が、別のU235の核にぶつかり分裂させる。そしてまた、その中性子が……という具合に連鎖反応を引き起こす。

Ｕ２３５が一二〇ポンドあった場合。

小さな都市一つを消滅させることができる。そして、同じ都市の電力を、何日間も供給することができる。

それほど莫大なエネルギーも「始まり」がなければ発生しない。最初の核分裂反応。連鎖を生む臨界の始まりがあればこそだ。

「明音さんは、朝井先輩の制御棒だったのでしょうね」

原子力の反応をコントロールする方法の一つ、制御棒。核分裂反応を起こす中性子を吸収することで、臨界事故に至らないようにする。

安定させる方法があったからこそ、原爆も原子力発電も実現した。

人の心も同じように、臨界反応を制御する棒があるのだとしたら。

そのおかげで壊れずにいるのだとしたら。罪を犯さずにいられるのだとしたら……その種類が一つしかないということは、こんなにも危ういのだ。

「だから。コントロールが失われたから、壊すしかないんですね」

「あー……そういうことかぁ。なんか腑に落ちた。自分でもちょっと、自分ってオカシイって思ってたけど。明音がいないだけでここまでなるかなって。でも、そっか、制御棒なら仕方ないか」

ふふっと軽く笑って、永一はミルクココアをすする。遠い故郷に思いを馳せるように、あるいは、遠い地の明音を想うように、薄い雲に目を細めた。

「小学生の時、理由は忘れたけどあいつと喧嘩したことあって。絶交よって言われちゃってさ。その時もオレ、なんでもいいからぶっ壊したくなって、近所のゴミ捨て場にペットボトル仕掛けたんだよ」

「収斂《しゅうれん》火災ですか……」

「そう！　そしたらさぁ、ちょうど発泡スチロールとかがいい感じにあったもんだから、すげぇ炎上しちゃって。ビビってたら明音が助けてくれたんだよ。そんでなんか、説教されてるうちに仲直りしてたなぁ」

「なんか、分かります」

　ここにはいない眼鏡の姿を、月也はどうしても強く感じる。彼から受けた説教は、何時間になるだろうか。どんなに怒っていても、呆れていても、最後には笑ってくれるあの強さは、核融合によるものかもしれない。

　原子力の核分裂とは異なる、人の手ではまだ実用化できていない現象。量子論を使わなければ説明できない、太陽が燃えている理由。

「そうそう、あん時だったなぁ。光の使い方はこんなんじゃないでしょって。みんなが喜ぶ使い方ができなきゃ駄目って言うからさぁ」

「光学、なんですね」

　深く頷いた永一は、右手のピンキーリングを見つめる。明音との関係が終わったと言っていても、思い出に復讐すると決めていても、彼は指輪をはめ続けている。

（指輪だって始まりの記憶なのに……）

ハロウィンの渋谷で、勢いで告白して、ノリでお揃いにしたというピンキーリング。二人の赤い糸の偶像こそ、真っ先に捨てるべきものではないだろうか。

月也は「考察」する。

交際記念日に罪を犯し、思い出を壊してしまおうとする気持ち。同じ思い出の指輪を、大切そうに見つめる気持ち。矛盾する心の観測方法は、たった今、手に入った。

「……朝井先輩。犯行プラン、少しばかり変更してもいいでしょうか」

「いいもなんも頭脳担当は桂じゃん。オレは、明音との始まりを塗り潰してしまえればいいんだからさ」

「では。とりあえず、初期費用として十万くらい用立てられますか」

「……はッ？」

缶に口を付けていた永一は激しくむせる。口の端から零れたココアを手の甲で拭って、鋭く月也を睨みつけた。

「十万って！　報酬は技能でいいんじゃなかったのかよ。金まで要求するって鬼畜過ぎるだろ。ＷｉｎＷｉｎの関係はどこ行ったんだよッ」

「思い込みで語らないでください。ぼくへの報酬ではありません。追加する犯行プランに必要になるんです。見込みでは最低の総額で五十万は必要となると思ってください」

「……何する気だよ」

「かつて朝井先輩がしたように、燃え上がらせようと思うんです。その方が、当初の計画もより成功確率が上がるでしょうから」

詳細はメールします、と月也は微笑んで缶を開ける。ぬるいとも言えなくなったミルクココアは、あまり美味しいものではなかった。

「やめてもいいですよ。でも、これだけ頭脳労働したんですから、当初通りの報酬はいただきます」

「今更やめねぇけど……なんつーかさ、桂。お前にも制御棒さんはいるんだよな？」

ココアを飲み干した永一の問いに、月也は細い針で心臓を貫かれたような気がした。うまく言葉を返せず、冷えたココアの缶を左手に持ち替える。右手の先を見つめて、眉を寄せた。

(制御棒がいてコレなんだよな……)

罪を犯すという視点から物事を考える。企てている時にこそ「生」を感じる。太陽レベルの制御棒があっても、こういう性質を抑えきれない。

むしろ、共犯者にしてしまうほどで……。

「え、なんか落ち込んだ？　ごめん？」

「いえ……」

「まーでも。もし桂にも制御棒さんがいるならさ、ちゃんと大事にしなよ。オレみたいになんないよーにさ」

無理に笑って永一は立ち上がる。ひらりと向きを変えたプリン頭の横を、かすめるように茶色い蝶が飛んだ。そちらに気を取られているうちに、永一は帰っていく。

残高あるかなぁ……だいぶ冷えてきた風に、懐を心配する声が混ざった。

その背が完全に見えなくなると、月也はスマホを取り出す。飲む気のなくなったミルクココアをベンチの下に追いやって、踊るハリネズミのイラストを見つめた。

（こいつ、駅ビルにカプセルトイあったな）

帰りに一回くらい回してみよう……どうでもいいことを考えてから、通話ボタンをタップした。

『あー、先輩。イキモノの世話は終わったんですか？』

疑うような声は、ほとんど寝ぼけている。いつものように、レポートに飽きて寝ていたのだろう。月也は集中力のなさをからかって、ケラケラと笑った。

陽介は不満そうにあくびをこぼした。たぶん、ノートパソコンに顎を載せて、頬を膨らませている。視線の先には、なくしたと思って忘れていった腕時計があるだろう。容易にイメージできる部屋の様子が、永一に貫かれた心臓をくるむようだった。

あの「家」に居れば。

二人でステイ・ホームしていれば、臨界事故は起きないだろう。どんなに犯罪者思考をしていたとしても、最後の一線は踏み止まれる。

（……踏み止まりたい？）

その必要はないはずだ。月也は己の中の矛盾に首を捻る。

「桂」を絶えさせることが目的で、そのために「完全犯罪」を考え、自分すらも殺してしまうために生きているだけなのに。

罪に対する戸惑いがある。その形さえも、自分と一緒にドロドロとなって、蛹の中でやふやになっている。

だからこんなにも、思考すらも不安定なのだろうか。

メタモルフォーゼを待つ青虫のように。これまでがバラバラになって、だからといって全てがドロドロになったわけでもなく……月也が曖昧に視線をさまよわせると、嘲笑うように蝶が舞った。

その先。薄い雲の中の太陽は、真ん丸だった。

鼓膜を震わせる陽介の声は、心配の色が濃かった。

『先輩？』

「……太陽が見えるなぁって」

『あ。満月っぽく見えますね』

ボロアパートの窓からも見えるようだ。白い太陽。陽介が感じたように、地球からの見かけ上の大きさは同じだ。

約一億五千万キロメートルの彼方の太陽と。

約三十八万キロメートルの距離の月と。

それらを同じサイズで感じられるのは、全くの偶然だ。宇宙が作り出した神秘でしかない。こうして同じ宙《ソラ》を見上げられるのも、そこに同じ時間が流れているのも、奇跡のような観測の結果でしかなかった。

「陽介」

何を言いたいのかも分からないままに呼びかける。『はい』という声を聞いた時、呼べば応えてくれるという当たり前が欲しかっただけなのだと気が付いた。

無視をしないで、居てくれる。

手を伸ばせば、握ってくれる。

当たり前があるだけで充分だった。だから、この言葉しかなくなってしまった。本当はもっと、何かあるような気がしていても、ほかの言葉が分からなかった。

「なんでもない」

＊マンハッタン計画……アメリカの原子爆弾開発計画

＊メタモルフォーゼ……変態。幼虫から成虫への変化

第5話　十月二十日　シンクロニシティ

ふと目が覚めた陽介は、もぞもぞと枕元のスマホを探す。暗がりの中にようやく見つけ出したそれは、眼鏡と一緒に、壁際のカラーボックスのそばまで飛んでいっていた。

(そんな寝相悪かったのかなぁ……)

まだ起きたくないという気持ちと戦いながら、布団から這い出る。

眠りの浅さは感じていた。寝ていても、思考がずっと月也のことを考えている。何を企んでいるのか、と。そのせいで腹が立って、夢の中で平手打ちでもくらわしていたのかもしれない。スマホと眼鏡は犠牲者だ。

「……四時って」

眼鏡をかけスマホを拾った陽介は、表示された時刻にげんなりした。アラーム前であることは分かっていたけれど、二時間も前に起きているとは思わなかった。

二度寝しようか？

膝で歩いて布団に戻りかけた陽介は、そうだ、と立ち上がった。

どうせこのまま布団に戻っても、なんとなくスマホを眺めて、眼精疲労を蓄積させて、寝落ちしたと思ったら起きることになるのがオチだ。それくらいなら、いっそ起きてしまって、時間を有効に使った方がいい。

(オムライス弁当作ってみたかったんだよね)

ただのオムライスではない。テレビやSNSで見かけた、ケチャップライスが動物の形をしていて、卵をお布団にしているオムライスだ。月也の弁当箱は小さいから、それだけでいっぱいになりそうだ。

(隙間にブロッコリー入れて、ニンジンの甘煮も作ろっかなぁ)

グリーンやオレンジの色彩を思い浮かべながらカーテンを開ける。夜のように暗いのは早朝だからだと思っていたけれど、それだけが理由ではなかったようだ。

細かな雨が降っていた。

近くの街灯が、雨粒を照らしていた。

水墨画のようなトーンの中、灰色の人影が、白い煙を落下防止柵の向こうに飛ばしていた。夏が終わり、ルームウェアとして戻ってきたスウェットの上下は、そろそろ洗濯した方がいい。

(言わなきゃずっと着続けるんだもんなぁ)

虫を嫌うくせに、月也の「清潔」はどこか欠けている。

きっとそれも、桂で育ったことに関係している。親と同じ屋根の下では暮らせなくて、離れ家に一人で生活していた。そこには洗濯機などなかっただろうから、キヨが言うまで放ったらかしにしていただろう。

(うちってば、まだ二層式使ってたなぁ……)

夏に帰省した時を思い出し、陽介は苦笑する。全自動洗濯機にすれば少しは手間も減るだろうに。壊れるまではずっとあのままなのだろう。

癖の強い襟足を窓越しに眺めて、そんなくだらないことを考えていると。

加熱式タバコを握っていた左手がおろされた。吸い終わったらしい。くるりと室内を向いたところで、月也は動きを止めた。

目が合った――と陽介は感じている。

暗い目元をいっそう暗くするように、月也の前髪は重く垂れている。それでも間に見え隠れする視線は、たぶん、短い付き合いでは読み取れない。

自分を隠し、演じている「ぼく」という彼ではなく。

ただただ面倒くさい思考の「俺」という彼を知らなければ。

「おはようございます」

カラカラと窓を開けると、月也は決まり悪そうにうつむいてしまった。あるいは、イタズラが見つかった子どものようにだろうか。ほんのわずかに口を尖らせて、加熱式タバコの先を親指の爪で引っ掻いた。

陽介は、短く笑ってとなりに並んだ。

湿ったウッドデッキ風パネルが、素足の裏に冷たかった。

「別に、先輩のせいで起きたわけじゃないですよ。なんか目が覚めちゃったんです。昨日いつもより早く布団に入ったせいかもしれないですね」

「そう……」

「でも、よかった。こういう時間って、そう多くはないでしょうから」

まだ誰も起きていないような静かな朝も。少し寒く感じるような小雨も。何よりこうして、理由もなく、二人並んでいられることも。

なんでもないようで、本当はとても珍しい、かけがえのない日常だ。

そして、あと何年と続かない、期限付きの日常だ。

「ホットミルク作ってきますね」

せっかくだから話をしよう。大学時代が終わり、それぞれの道に分かれたとしても、思い出の中に「言葉」があるように——思って陽介は室内を向く。それは、オムライス弁当よりも大事なことだ。

「陽介」

サッシに手をかけると、呼び止めるように名前を呼ばれる。「はい」と振り返れば、ひょろりと背が高く癖の強い黒髪の悪魔めいた先輩は、頼りなさげに首を振った。

「……なんでもない」

「はい」

頷いて、陽介はキッチンに向かった。

(なんでもない、か……)

本当は何かあるから名を呼ぶのだろう。けれどきっと、その「何か」はまだ、月也の中で形を成していないのだ。だとすれば、陽介にできることは、何かが形を得る時をじっと待つことだけだ。

ミルクパンの中の牛乳のように。

沸騰させてしまわないように、焦げ付いてしまわないように、ゆっくりと。そっと温めて、見守っていければいい。

(今は、呼んでくれるだけで充分だから)

何かを企んでいるとしても、彼はここに帰ってきている。死に囚われた目をしていることもない。

手を伸ばしてもくれたのだ。だから、今は充分だ。その手に免じて、砂糖のように甘やかせばいい。どうせ陽介にも、ほかにつなぎたい手はないのだから。

「大丈夫。僕はずっと、先輩を信じてる」

夢の中で暴れるほどの不安があるのだとしても……信じている。言い聞かせるように呟いて、陽介はマグカップを見つめる。

白と黒。不揃いのそれらにホットミルクを注ぐ。思い付いて、少しだけココアパウダーを振りかけた。シナモンも合うけれど、月也には苦手な風味だ。だから、アップルパイを焼く時は、レーズンを入れることで風味に変化を与えてみている。

(今度シナモン使ってみようかな)

わざと。そうすれば、レシピに口出ししてくれるかもしれない。もうすぐハロウィンでもあるし、ちょっとしたイタズラも許されるだろう。

小さな犯行計画にワクワクしながら居間に入ると、臙脂色のソファの右側で、月也は大きなあくびをしていた。さすがに、外に居続けるのは寒かったようだ。

「映画、面白いのかな」

ニュースサイトを見ていたらしいスマホを置き、白いマグカップを受け取ると、月也はぽつりとこぼした。昨日テレビでも取り上げていた、少年漫画原作映画のことだろう。新型感染症が収束を見せない中、映画館という閉め切られた場所は、どうしたって不安がつきまとうだろうに。興行収入は、それこそニュースのネタになるほどだ。

「そういえば、観に行ったことないですね」

あの町には映画館などなかった。観たいと思ったら、電車で約三十分かけて市街地まで出なければならなかった。

「でも」

陽介はいつものように、ソファの左側に座る。ホットミルクがこぼれないように気を付けて、少しからかうように月也の横顔を見やった。

「僕はちょっと、先輩と一緒には観たくないですね」

「え、なんで？」

「ノイズがひどかったので……」

あれは科学部でのこと。顧問が気まぐれに、DVDプレーヤーとSF映画を持ってきたのだ。SFというのが、せめてもの「科学部」らしさだった。

「エンタメに現実の科学持ち込まれても興醒めするんですよ」

宇宙空間で音が鳴ったっていいし、ビームがぶつかり合ったっていい。抵抗や摩擦力が無視されても、明らかに死んでいそうな出血量でも、質量オーバーでも、速度が光を越えていても、そういう世界であってもいいのに。

いちいち、月也の解説がうるさかった。おかげで、ストーリーの記憶はない。

「でも、ちゃんと褒めただろ」

「こういうデタラメが科学を進歩させるんだよなぁ、でしたっけ？　あれのどこが褒め言葉なんですか。ずーっと馬鹿にした目してたくせに」

「え、かなりの褒め言葉じゃん。本当の戦争下の科学なんて……」

月也は痛そうな顔をすると、ソファの上に両膝を上げた。背は、背もたれのカーブに添って反らす。腹の上で、両手でマグカップを包んだ。

「陽介は、マンハッタン計画が生み出したものって知ってる？」

「原爆、ですよね」

「歴史的にはな。でも、あの計画が一番生み出したものは『物理学者』なんだよ」

ココアのほろ苦い香りのホットミルクをすすり、陽介は首をかしげた。

物理学者は、戦争前から存在したはずだ。むしろ、彼らがいたから原子爆弾も作れたのだから、月也の言っていることは意味が分からない。

天井を見つめる月也は、陽介の混乱を察したように苦笑した。

「物理学者が戦力になるってみなされてさ、物理学に軍の研究費が投じられるようになったんだ。結果、物理を専攻する学生が激増した。原子力の時代だから、当然、量子力学な」

ふっと息を吐いた月也はカップを持ち上げようとする。さすがに姿勢が悪いと気付いたらしい、背もたれを離れ、背中を丸めた。

猫みたいだ、と陽介は思う。

物理を語る猫だとすれば、シュレディンガーの猫だろうか。生きているのか死んでいるのか、揺らいでいるところがまた彼らしかった。

「それまでの物理学者の間には、顔見知りの集まりみたいな、アットホームな雰囲気があって。どうせ出世もできないからって、物好きばかりが集まっているようなとこがあったんだ。だからこそマイペースに哲学、観測前の世界はどうなっているのか、波の収束が起きるのは何故なのか、そんな『くだらないこと』に時間を費やしていられた」

「くだらないんですか？」

月也の語りを聞いていると、観測問題こそ重要に思える。その考え方のおかげで、ほんの少し、生きやすくなったところもあった。

「少なくとも、量子論の哲学は重要なものとはされなかった。そこに迷い込んで時間を無駄にするくらいなら、数学的に問題のない部分だけで成り立たせて、実用化にウェイトを置いた方がいいって考えられて。物理学者が量産されるほどに、かつての哲学問題は忘れ去られていったんだけど……」

ふと言葉を切り、月也はマグカップを口に運んだ。甘さにほっとしたように、でも、物悲しそうに眉を寄せた。

「ニールス・ボーアを覚えてる？」

「ええ。量子論の父ですよね。相補性を大事にしていたコペンハーゲンの人」

「そう。きっと量子論の哲学も大切にしていた人なんだ。けど……ボーアが発見したんだよ。ウランの性質を」

ん、と陽介は顔をしかめる。

ウランの性質が発見されたから原爆が作られた。そのおかげで物理学がにぎわって、けれど、哲学問題はないがしろにされた。

つまり、相補性という哲学を大事に思っていたボーアが、哲学のない物理学を生み出すきっかけになったのだ。戦争という、どうしようもない状況下だったとしても、直接的ではなかったとしても。

始めた人が、終わらせた。

「……先輩は、どうしてこの話を？」

示唆が含まれている気がする。

どんなに信念を持っていたとしても、状況が、あるいは偶然が、信念を手放す時をもたらすこともある、と。

――何があっても、月也先輩は僕の家族ですから。

実家からこの家に戻ることができた日。日常となったベランダで伝えた時、彼は「よろしく」と言ったけれど。

（やっぱり「違った」んだろうなぁ……）

陽介はそっと、ホットミルクの中にため息を落とした。

月也は、猫のように背を丸めたまま、器用にマグカップを口に運んだ。

「だって、どうしてデタラメが褒め言葉なのかって話だろ。デタラメだったりくだらなかったり、不要で無駄に見えることって、科学にとっては案外重要なんだよ」

え、と陽介は月也を向く。変に深読みしてしまったことが恥ずかしくて、もう一度ホットミルクに息を吐き出した。

「そうなんですね。へぇ、無駄なのに」

「聞こえが悪いから言い直すけど。少数派、実用的じゃない、今すぐ必要じゃねぇって感じの研究な。そういうのって『金の無駄遣い』って思われちまうけど、誰かがそういうのを考えてくれているって、本当はすごい保険なんだよ」

なんで？　と陽介は首を傾ける。正直、無駄な金ならかからない方がいい。この夏、金銭問題に振り回された身としては、切実に思ってしまう。

月也は、調子を取り戻したように脚を組んだ。

「今役立つものってのは、研究費も下りやすいし、大勢が着手してるんだ。中には金がもらえるからって理由で研究してたりな。でも、確かに『今』には必要だけど、状況が変わってしまったら？　これまで見向きもされなかったようなものが必要になったとしたら、急には結果を出せないだろ」

「あー……その時、もし、細々とでも研究してくれている人がいたら、そこから始められるってことですね」

「エクセレント。だから本当の無駄なんてないんだ。ただ、それを許してくれるかどうかの問題で。この時代はちょっと、そういう余裕はないみたいだけどな」

宇宙も、と呟いた月也は、不意に笑いをこぼした。

「陽介のおかげでレポート不可にならずに済んだんだよ」

「へ？」

何かした記憶はない。そもそも、月也のレポートに協力できるほどの頭の良さもない。反応に困り、陽介はパチパチと瞬くことしかできなかった。

月也はまた、白いマグカップを両手で包んだ。

「たぶん、この無駄な時間のおかげなんだ」

「無駄な時間……」

陽介も、月也のように黒いマグカップを両手でつかんだ。

たまたま、早く目が覚めてしまった朝の暇潰し。緊急事態宣言によって外出自粛を強要された日々の、二人しかいなかった科学部の、何かを成そうとしているわけでもない、くだらないやり取り。

無駄な時間。

今しかない時間。

「……先輩。大学卒業したらどうするんですか？」

正しい血筋のきょうだいができてしまった月也は、もう「桂」に縛られてはいない。彼と桂をつなぐものは、百五十万円の借用書だけだ。

薄っぺらで、頼りない、ただの「約束」を月也は棄てられずにいる。

「やっぱり、殺すんですか？」

「一年はここにいるよ」

月也の答えはマグカップの中に返された。

「陽介が卒業するまで。その後のことは、その時になんなきゃ分かんねぇよ」

「そうですね」

陽介も、マグカップの中に微笑んだ。

殺す、と月也は言わなかった。少し前なら、完全犯罪を実行してやると、暗い目で語っていたのに。ゆるやかに、確実に、月也も変化しているのだ。

「さてと。そろそろ僕は朝ごはんとお弁当に取り掛かりますね」

「あ。弁当って言えばさ、あのウズラの卵なんだったんだよ」

ホットミルクを飲み干して立ち上がった陽介は、ウズラ？　と記憶を手繰る。少しして思い出し、ああ、と笑った。

「塩こうじに漬けておいたんです。我ながらいい塩梅だったなって思ってます」

「いや、味の話じゃなくて。目ん玉付いてたじゃん、アレ」

「宇宙人です」

「……は？」

「あの楕円形を見ていたらグレイっぽく思えたので。可愛かったでしょ」

にこにこと答えると、何故か月也はあさっての方を向いてしまった。「グレイ……」と呟く声はひどく戸惑っている。気に食わなかったのかもしれない。

「やっぱり、目が小さすぎましたかね」

「あー、うん。黒ゴマじゃなぁ、うん」

「ですよね。もっと工夫しますね！」

今朝はもう、時間的にオムライスは厳しい。何を作ろうかと考えながら、陽介はキッチンに向かう。買い出し方法が、その時安かったものを優先するからだ。メニューを決めて行くこともあるけれど、どちらかと言えば、日々考えることの方が多い。

（サツマイモ炒めようかな）

鶏と一緒に甘辛く。味噌汁にもサツマイモを入れて。音程のズレた鼻歌を歌いながら、まな板と包丁を準備していると、月也もキッチンに入ってきた。空になったマグカップをシンクに置く。

定位置の冷蔵庫に寄り掛かった。

邪魔な位置ではある。けれど、言ったものをスムーズに取り出してくれるので、邪魔でもなかったりする。

「無駄話ついでに聞いてみてもいいか」

「どうぞ?」

ガラス製のボウルに水を張り、陽介はサツマイモを切りにかかった。

「昨日さ、センターでタバコ吸ってたら巻き込まれたんだけど」

「相談を受けたんですね」

いちいち言い換えてやると、月也は苦笑する。陽介は、早めに火が通るように少しばかり小さく切ったサツマイモを、ボウルの水の中に落とした。

「いや、あれは巻き込みにきてたって。理屈がおかしかったからな。桂くんは理系だから考えてほしいって、あそこ母体は遺伝子研究所なんだけど?」

「まー、理系な職場だからって、職員みんなが理系ってわけじゃないですし」

「そいつ、理大生物学部卒らしいんだよ。それで今はPCR検査に駆り出されてるって。自分がバッチリ理系なのに、なんで俺なんだよって。面倒な予感しかなかったから、トイレに逃げたんだけど」

「先輩って、変なところで警戒心強いですよね」

陽介は鶏もも肉の筋を切りながら、呆れをこめた息を吐く。その割には、好奇心を見せたりもするのだから、桂月也という存在は面倒くさい。

「警戒心っつーか、親しくもねぇ奴と一対一って状況が得意じゃねぇんだよ。むしろそこは『日下』の方がおかしいだろ」

ふつう、初対面の女児のチャイルドシッターなど言い出せない。このご時世、ちらっと声を掛けただけで犯罪者扱いされたりもするというのに……突っ込まれると、陽介もさすがに苦笑するしかなかった。

「現代じゃ、案外僕の方が犯罪者気質かもしれないってことですね」

「そうは言ってねぇって」

月也の声が拗ねる。包丁を扱っているから振り向けないけれど、きっと口を尖らせている。想像がふと、陽介に閃きをもたらした。

「先輩、タバコ吸ってたって言いましたよね。もしかして相手の人も？」

「ああ。そいつは細い紙巻きタバコだったけど……あ」

「咥えながら話しかけてきたんでしょう」

「そういうことかよ」

月也は悔しそうに舌打ちする。陽介はケラケラと笑って、鶏もも肉を一口大に切り分けた。サツマイモの水を切り、ラップをしてから電子レンジに入れる。

「桂くんは『物理系』だから考えてほしいわけですよね、きっと」

相手がタバコを咥えた状態だったために、月也はうまく聞き取れなかった。それで、より馴染みのある「理系」だと誤認したのだ。

「さっすが名探偵」

「違います。先輩が面倒がって、ちゃんと聞く態度じゃないからそうなるんですよ。今日もバイトですよね。その人に会ったら、挨拶くらいしてください」

「んー……それならちゃんと、相談乗ってやった方がいいんじゃね。どっか、喫茶店とかに予定組むからさ、お前も一緒に」

「僕も、ですか？」

「ああ。名探偵は陽介だし？」

違います、と鶏肉を炒めながら、陽介は違和感を覚えた。これまでの月也だったなら、改めて相談を受けるなどしただろうか。

理系探偵の中に現れるようになった単語であり、これまでにはなかった行動。一通り、事件を解決させた上で、さらに何かを探ろうとしている。

（「考察」だっけ……）

それは、理系探偵の紹介文を書き変えたことにも関係しているのだろう。

例えば……どうしたら、サプライズを与えられるだろう？

例えば……どうしたら、心のわだかまりを消せるのだろう？

依頼人目線でさらりと読めば、気になるような文言ではないかもしれない。けれど、月也を知る陽介には、いくらか不穏ではあった。

（探偵的じゃないんだよなぁ）

起きてしまった謎を解き明かす、受動的な印象とは違う。月也が書き変えた部分は、自分から働きかける能動的なものだ。それは、どうしても、犯罪者的に思えた。

（信じていようとは思いますけど……）

考える自由まで放棄するつもりはない。むしろ、信じ続けるためには知ろうという気持ちを捨ててはならないだろう。

思考の放棄は、空っぽだから。心がないから。

信じる心を維持するためには、知りたいと陽介は思う。

「先輩」

「ん？」

「なんでもありません」

結局、陽介も月也と同じだった。肝心な言葉を見つけられていない。だから、冷蔵庫の前の彼を振り返って笑った。

鬱陶しい前髪の向こうで視線をさまよわせて、月也もくしゃりと笑う。

たぶん「何か」を共有できていた。

物理系の月也に相談したいと言ったPCR検査センターの人もまた、木曜日が定休だという。自然な流れで、スケジュールは木曜日に組まれることとなった。

十月二十二日、午後二時から。

場所は相談者お勧めの、タバコを吸える喫茶店。分煙が義務化され、喫煙を禁止するスペースばかりになる中では珍しい、喫煙者のための喫茶店だという。

『お子様の陽介には居心地悪いかもなぁ』

ニヤニヤとからかっていた月也は、対面授業のために大学に行っている。現地集合という約束をして、十時頃に見送った。

(お弁当がないと張り合いに欠けるなぁ……)

時間的に、月也は喫茶店で軽食をおごらせると決めてしまった。

面識のない陽介は図々しくもなれず、十二時のワイドショーを眺めながらうどんをすする。スマホで検索した結果、喫煙者のための喫茶店へは、一時少し過ぎに家を出るのがちょうどよさそうだった。

(たまには学食行きたいな……)

うどん・そばのバリエーションが豊富だった。同時に定食なども提供しているからだろう、コロッケや唐揚げが載っているメニューもあれば、ご当地キャンペーンとして、沖縄のソーキそばを出すこともあった。

(おばちゃんたちも休業中なのかなぁ)

気前よくオマケしてくれた笑顔を思い出す。半年も働けていなかったとしたら、とっくに転職してしまっているかもしれない。

大学が日常を取り戻しても、それはやっぱり、これまでとは違うのだ。

(会えなくなるなんて思わなかったな)

名前も覚えていないような、さりげない関係しかなかったけれど。当たり前のようにそこにいて、当たり前のように笑ってくれる人たちだった。

娘が、教育学部の受験を考えている、と教えてくれた人もいた。

犬の散歩の途中に、新しいケーキ屋を見つけたと浮かれて言う人もいた。

「あー……」

具のないうどんに向けて、言いようのない気持ちを吐き出す。いや、本当は分かっている、理不尽な感情だ。

(なんで——)

何故、大学によって対応が違うのか。せめて公立大学くらい一律に、足並み揃えて始めてくれてもよかったじゃないか。

月也は、以前のように通学している。

自分は、パソコンの前ばかりにいる。

(先輩ばっかりずるいなぁ……)

ため息をつくと、陽介はシンプル過ぎるうどんを食べ尽くす。作る相手がいないランチはやる気もくれない。一人分の食器を片付けるのも虚しいばかりだ。

出発時刻までの暇潰しに流すテレビも、相変わらず感染症に関することを伝えてくる。

『オリンピックボランティアの八割が、感染状況が心配だと回答し……』

臙脂色のソファに寝転がる陽介は、そうだろうな、と無感動に思う。本当に来年、オリンピックは開催されるのだろうか。今より感染状況は落ち着いているのだろうか。

答えの分からない疑問は、同じテレビが流す、紅葉シーズンのお出掛けスポット情報に取って代わられる。感染を抑えたいのか、広めたいのか。どうにもちぐはぐな情報は、陽介の中の憂鬱を助長した。

——結局は、やったもん勝ちなんじゃないの？

非常事態だと騒いでいるけれど、若者が死んだという話はさほど聞かない。重症化リスクもさほど高そうではない。

危険なのは高齢者、基礎疾患のある人たちだ。リスクのある人たちを守るために、自粛を心がけようというけれど、社会人はこれまでのように電車を満員にしている。かといって、電車クラスターなど騒がれたこともない。

小学校、中学校、高校だって授業を再開している。学校行事ばかりは中止になっているけれど、通学できるというだけで、きっと気分は違うだろう。

一部の大学生だけが、こうして閉じ込められる理由はどこにあるのだろうか。

平等と不平等の境界線は、どこにあるのだろうか……。

（そりゃあ、死にたくなる人も出るだろうな）

検索エンジンは、陽介の閲覧履歴を記憶したのだろう。昨日も、新型感染症以降の自殺者に関するニュースを、頼んでもいないのに表示した。ハロウィンのプロポーズ計画にSNS利用者を巻き込んでバズっているような、明るい話題だけなら気も楽だというのに。

月也を取り巻く社会を知ろうとすると、どうしたって暗い情報ばかりになってくる。

情報は、陽介の中に薄暗い気持ちを蓄積する。

(ずっと独りぼっちでいたら……)

ソファの上で、陽介は胎児のように体を丸めた。

テレビを消すと雨音が聞こえた。どうしてこう、出掛ける用事があると雨天になるのだろう。雨男にもほどがある。

(みんなどこかに「死にたがり」を抱えてるのかもなぁ)

普段気付かず、囚われたりもしないのは、ほかのことに一生懸命で見向きもしないからで。こんな風にぽっかりと、何もすることがなくて、自分しかいなくなってしまったら、気付いてしまうのかもしれない。

だとすれば……。

(先輩の方がポジティブですよ)

ずっと「死」と向き合っている月也の方が、よほど強い。目を背けることなく、生き続けているのだから。

「僕も、生きる理由の一つになってると思っていていいですか、先輩」

雨音だけの室内に呟いて、ああ、と陽介は目を閉じた。違っている。彼が生きる理由ではなくて、自分が生きるための理由だ。

そうでなければ、どうして、一人きりの部屋ではこんなにも不安定なのだろう？

(どうせ僕は、先輩の前にしかいないから……)

雨はあくびを誘う。ふわふわと意識が揺らめく中、鼓膜がスマホのバイブレーションを捉えた。気怠い気持ちで応じる。

「……はい」

『やっぱりお前寝てるし』

くすくすとした笑いが聞こえる。それだけで目が覚めて、陽介は口を尖らせた。

「なんで分かるんですかぁ」

『なんとなく。退屈してんだろうなって思って』

「もしかして、家族的テレパシー？」

陽介はわざと、軽い調子で言ってみる。電磁波の向こうの月也は、すぐに反応を返さなかった。回線に雨音を伝わらせて、結局、はぐらかしてしまった。

『腹減ったから、早めに行こうと思って。陽介ももう出て来いよ』

「そうですね、足元も悪そうですし」

喫茶店で、と確認し合って通話を終わらせる。レジ袋有料化の影響で調達したサコッシュと、パーカーを取りに自室に向かった。

（やっぱり「家族」が違うんだな……）

緩やかにではあるけれど感じていた。「家族」が月也を悩ませている。一度受け入れてしまったから――陽介が喜んでしまったから、今更否定を示せずにいる。

（何があっても、か……）

そういうつもりだった。

たとえ「日下」を継ぐ日が来たとしても。卒業して、それぞれの道に進むことになって、同じ部屋に暮らす日が終わったとしても。

心だけは「家族」でいるという決意だった。けれど。

(不安そうな顔ばかりなんだもんなぁ……)

家族でありたい人の心が、それを望んでいないのであれば、どうして家族と言えるだろうか。苦しめてまで守りたい信念でもない。ボーアよりも軽やかに、棄て去ってしまえる信念だ。

ため息をつき、陽介はパーカーのジップを上げる。サコッシュに仕舞おうとしたスマホの、蜘蛛の巣のようなひび割れが痛々しかった。

これができたのは、梅雨。

家族を殺し、自分をも殺そうとした月也を止めた時のこと。

(そうなんだよな。先輩にとっての「家族」は……)

きつく目を閉じ、陽介は感覚だけでスマホを仕舞う。サコッシュを袈裟懸けにすると、目を開いて駆け出した。臙脂色のソファに躓きかけて、転げるように玄関を飛び出した。

「あー……!」

雨に向かって叫ぶ。

どうしてこんなにもままならないのだろう。苦しいのだろう。どうして、死にたいほどの気持ちを抱えて、それでも日常を過ごさなければならないのだろう。

それでも、無駄に思える日々が、愛おしいのは何故なのだろう。

心に何を抱えていても。

矛盾だらけだとしても。

笑い合えてしまえるのは、どうしてなのだろう……。

「あーあ！」

結局、見守るしかないのだ。どれほどもどかしかったとしても。

やるせない気持ちで閉めた家の鍵は、やけに重く響いた。


喫煙者のための喫茶店は、大通りをはずれた細道の、住宅地の手前のような場所にあった。ドアや窓のガラスはうっすらと曇り、ドラマか何かで見たような、昭和三十年代の雰囲気を漂わせている。外見からこじんまりとしていて、どうして喫煙者向きと言い切っているのか分かった。

分煙できるほどの広さがないのだ。

カラン、と低い音色のドアベルを鳴らして入れば、真っ先にアルコール消毒液が目に入る。それが当たり前になってしまったことを疑問に思うこともなく、手指を消毒しながら店内を見回せば、カウンターにはスツールが四脚。左手側に視線を移動すれば、四人掛けのテーブル席があり、座席はそれだけだった。

客は、テーブル席で柄の長いスプーンを手にする月也だけだった。

一歩進めば、古くから染みついたタバコのにおいがした。

「相談者はまだなんですね」

月也のとなりに座ると、花柄のマスクをした初老の女性が水を運んでくる。会釈をすると、目尻のしわを深くして去っていった。

「ランチがチョコレートパフェってどうなんですか」

「だってさぁ、教授の計算手伝わされたんだもん。正確には検算だけど。パソコンの計算が正しいかどうか、結局手計算するって何？」

「知りませんけど。パソコンの計算って信じられないものなんですか？」

「んー……難しい問題だねぇ。難しすぎて今はもうムリ」

ぐったりした顔で、月也はチョコレートアイスをすくった。甘さと冷たさを染み渡らせている横顔に、陽介は微笑ましい気持ちになる。

同時に、チリチリとした痛みを感じた。これを「罪悪感」と呼ぶなら、罪もまた、常にそばにあるものなのかもしれない。

「……食う？」

陽介は左右に首を振り、ホットのオリジナルコーヒーを注文した。それが届くタイミングで、ドアベルの音が響いた。

こちらを向いた相談者の目元は、バッチリとメイクが決まっている。ピンク色のマスクも似合っていて、陽介はすぐさま反省した。

（勝手に男だと思ってた……）

月也の話の中に性別はなかった。それでも、何かしらのバイアスが働いていたらしい。

彼を相談相手に選ぶというのがまた、女性を連想させなかった。

相談者は月也を認めると、左手を上げて挨拶を示す。薬指のリングが、店内のオレンジ色の光を反射した。

アクリル製の仕切りの向こうに座った相談者は、まっすぐに陽介を捉えた。

「共田《ともだ》です」

会釈する。落ちかかったサイドの髪を耳に欠ける仕草が、ひどく大人びていた。陽介も会釈を返し、「日下です」と苗字だけを告げる。相手に合わせたものであったけれど、あまり好きな名乗り方ではなかった。

苗字だけというのは、どうしても相談役「日下」を意識してしまう。

（先輩が名前で呼んでくれるようになった時は、ちょっとホッとしたんだよなぁ）

ステイホームの日々を少し懐かしく思いつつ、陽介はコーヒーを口に運ぶ。苦みよりも甘みを感じる、深い味わいだった。思わずカウンターに目を向ける。丸い眼鏡のマスターが、自慢そうに頷いた。

共田がウインナーコーヒーを頼むと、月也は一度、口のまわりのチョコレートを紙ナプキンで拭った。

「それで。わざわざぼくをご指名で相談とは、どういったものなのでしょう？」

「その前に。わざわざ指名したのに、どうして後輩くんとやらを同席させたかったのかしら。さすがにもう、教えてくれてもいいんじゃない？」

「笑いませんか？」

「どうかしら。私の笑いのツボって広いから……」

「彼、日下くんは名探偵なんです」

共田は、既にパッチリしていた目を更に大きくする。マスクの口元に手を添えて、ぷ、と短く吹き出した。なんとも言えない気持ちで、陽介は頬を膨らませる。

「先輩が勝手に言ってるだけで、おれは違うから」

「ああ、ごめんなさい。なかなか日常では使わない言葉だから、ちょっと驚いて」

ふふふと共田は笑い続ける。悪意は感じられない。本当にちょっと、面白く感じているのだろう。嫌な感じではなかったから、そのまま落ち着くのを待った。

共田はマスクを軽く下げ、グラスの水を口に含む。息を整えて、月也と陽介の間で視線を行き来させた。

「それだけ、桂くんが一目置いてるってことね。じゃあ、私も頼りにするわ」

「……共田さんは、そんなに先輩を信頼してるの？」

「んー、性格面は分からないけれど。生命工学の、あの、ジジイ教授のお墨付きでセンター入りした物理学生でしょ。ぶっとんだアタマしてるんじゃないかって思ってる」

どういうイメージだろうか。陽介は月也の横顔に首をかしげる。ウエハースをつまんだ月也は、はぐらかすように笑った。

「あの教授ほどぶっとんではいませんけど。物理でなければならない相談事とは、どういったものなのでしょう」

「ええ。端的に言えば『偶然の証明』をしたいのよ」

「偶然の証明」

陽介と月也は声を重ねる。そっくりに眉も寄せたけれど、その意味合いは違っている。陽介は単純に意味が分からずにいた。月也は、困難さを理解していた。

「数学系の人の方が適任だとは思ったけれど、私の行動範囲に知り合いがいなくって。次点で物理系の桂くんならいけるかなって」

「正直、自信はありませんけれど……なんだってそんな証明が必要なのでしょう?」

共田はマスカラが飾る睫毛を伏せた。絶妙なタイミングで届いたウインナーコーヒーの生クリームをスプーンにすくい、一口舐めてから答えた。

「桂くんは覚えていると思うけど、先月末、私感染したでしょう」

「ええ。その分のシフトがぼくにも回ってきて大変でした」

「悪かったって……それで問題はね、同じタイミングで、旦那の友だちも感染してたってことなのよ。そのせいで旦那が『夜の濃厚接触』を疑いやがって、今、離婚危機なのよ」

絶妙に色を感じる言い回しを始めたのは、政治的な人たちだっただろうか。水商売の現場が感染を広めていると、ことさら非難の的にしていた時に広まったような気がする。それとも、感染対策をする側である政治家が、夜の店に出入りしていたことがバレた時に使われ出したのだったか。

緊急事態宣言から半年の間に色々とあり過ぎて、陽介の記憶は曖昧になっていた。

（よりにもよって、不倫疑惑かぁ……）

痛い相談が来たものだ。陽介はコーヒーに眼鏡を曇らせて、ちらりと月也を伺った。不貞の子である彼は、苦みを誤魔化すようにチョコレートソースを口に運ぶ。

「感染タイミングが同じだった程度で、そこまで疑われはしないと思うのですが」

「分かってる。さっきは旦那の友だちって言ったけど、正確じゃなかったわ。旦那と、仮にKとするけど、Kは同じサークル仲間で。私とKは研究室が一緒だったの。だから、K経由で旦那と出会ったのよ」

「いわゆる共通の友人というわけですね。Kと共田さんは今も交流がある、と」

「メール程度よ。研究室以外で、旦那なしで会ったこともないんだから」

そうだとしても、疑いたくなる土壌は充分にある。同じ研究室だったということは、共通の趣味を持っていた、と考えることも可能だ。それこそ、研究したくなるほどの。

「二人はどんな研究してたの？」

「未来の食糧としての昆虫よ。代表的なところはコオロギで――」

「あ、もういいです」

陽介はさっと視線を落とした。この手の人たちに語らせると大変な目に遭うことは、同居人のおかげでよく分かっている。しかも、共田のジャンルは虫だという。とても月也が耐えられるとは思えなかった。

共田はまだ、昆虫について語りたそうな目をしている。陽介はさっさと、話の筋を依頼へと戻した。

「まー、でも。それで同時期に感染しちゃったら、怪しまれても仕方ない気はするかもなぁ。アリバイがあるわけじゃないんでしょ？」

「アリバイどころか、さらに黒くする証拠があるのよ……」

共田はどんよりと息を吐き出すと、ブランド物ではないらしい黒のトートバッグからスマホを取り出す。ベージュに金が施された秋らしいネイルの指先で、スクリーンショットを二枚撮影した。

「これ見てちょうだい」

共田が向けるスマホには、写真投稿をメインとするSNSが表示されている。そこにアップされているのは、抹茶のような緑色のお洒落なムースだ。その上に飾られた黒いものは、チョコレートにしては、随分と生々しい脚と触覚を持っていた。

「そしてこれ」

指先が表示した二枚目には、まったく同じムースが映し出されている。違いと言えば、こちらには、藍色に銀が施されたネイルが写り込んでいることくらいだろう。

「なんなの、これ」

　虫の気配に目を背けている月也に変わり、陽介が首をかしげた。共田は意味もなく、一枚目と二枚目の写真を行ったり来たりさせる。

「ユーグレナのムース、秋の音色を添えて」

「あー、被写体のことじゃなくって。この写真がどうかしたのかなって」

「これ、一枚はKがアップしたもので、もう一枚は私なんだけど。偶然、同じ日に投稿していて。それだから旦那ってば、この日一緒に過ごしていたせいで、同時に感染したって勘繰ってるのよ」

「……時期的には合うんですね？」

　月也はパフェすら食べる気を失ったらしい。げんなりとした声で問う。何も知らない共田は、運命を呪うように細いタバコに火をつけた。

「ええ、運の悪いことにね。実際この創作バルも営業休止しているの。でもね、本当に偶然、同じ日に、同じメニューを撮影しただけなのよ。デートなんてしてないの。私は一人で出掛けてるし、店内にKがいた記憶もないわ」

　偶然なのよ、と共田は強調して煙を吐いた。

（だから「偶然の証明」なのか……）

　あるいは、黒を白に変える証明、だろうか。厄介なことに違いはないと、陽介は眉を寄せてコーヒーをすする。共田から漂う煙が、不思議とコーヒーの香りに合っていた。

思わずカウンターを向く。グレイヘアのマスターは、誇らしそうに頷いた。

「偶然というのは結局、確率論ですよね。表が二パーセントの確率で、裏が九十八パーセントの確率で出るコインがあったとして、表が十回連続して出たら、奇跡的な偶然よりもイカサマを疑うような。可能性としてはあり得ることなのに、人はどうしても理屈を付けようとしてしまいます」

コオロギのダメージから回復したのか、月也は溶けかけたチョコレートアイスをコーンフレークと混ぜる。落としそうになりながら口に運んだ。

「そういう意味では、物理は偶然とは相性が悪いかもしれません。何かと関連付けて、関係を探り、理屈をこねるところのある学問ですから」

「そういえば先輩、よく言ってるよね。物理は関係性の学問って」

「そうです。作り話とされていますけど、リンゴが落ちる理由を考えたから引力が発見されました。同じように、様々な法則が、どのような理由で起こるのかと考えられてきたわけですから……同じ日に同じスイーツの写真をアップするのは、偶然ではなく、そうなるべき理由があったと思わざるを得ません」

不倫を疑いますよ、と月也はにおわせながら加熱式タバコをセットした。陽介はたしなめるように、右肘で月也の左腕を小突いた。反抗的に、月也も小突き返してくる。

「まして共田さんの件ですが、仮に偶然であることを証明できたとして、ご主人が理解してくれるかどうかは別の問題になるのではないでしょうか。ねぇ、日下くん？」

「……そうだね。理論で攻めたらかえってこじれちゃうかも。そこまで隠したいのかって思われるかもしれないし。結局、疑ってしまった時点でもう、旦那さんの中には答えがあるんだよね」

「ですから論点は、偶然を証明することではなく、共田さんがどうしたいかになるのではないでしょうか。そんな嫉妬深いご主人、早々に別れて――」

陽介はもう一度小突き、月也を黙らせる。

「馬鹿なの、先輩。相談してるってことは、共田さんは別れたくないんだよ。これからどうやって仲良くしていくか、そっちを考えなきゃ」

「……と、名探偵が申しているので。偶然を排除して、始めから考察してみましょう」

考察、という単語に陽介の心はざわめいた。表情には出さないで、オリジナルブレンドを口に運ぶ。タバコの種類が増えても変わらず、ほっとする深みのある味だった。

「そもそも共田さんは、どうして一人で出掛けられたのでしょうか。ご主人と一緒だったなら、問題が起きることもなかったと思いますが」

「逆に聞くけど。あなた達、ミドリムシとコオロギのスイーツ食べに行こうって誘ったとして、一緒に来てくれる？」

ごめんなさい、という気持ちで陽介は目を伏せる。農村生まれではあるけれど、イナゴの佃煮など見かけたこともない、昆虫食とは無縁の育ちだ。月也もどんよりと、タバコのスティックを落としそうになった。

「でしょう？　だから一人で行ったのよ。学生時代にあの人、虫食べられるなんてすごいねって引き気味だったし」

「……よく結婚できましたね」

「あら、失礼ね。桂くんなら分かるでしょう。交際相手にまで研究内容を押し付けたりしないって。私らなんてオタクみたいなもんなんだから、一般人にはほどほどの距離感を保つのがコツなのよ」

「そのせいで、不倫疑惑が生じているわけですよね」

痛そうな顔をして、共田は灰皿に灰を落とした。店名が掠れ掛けた白い灰皿は、この店の雰囲気によく合っていた。

「どうして、Kさんとは付き合わなかったの？」

微かな空調に崩れていく灰を見つめ、陽介は当たり前すぎる疑問を口にした。Kの方がよほど、共田と相性がいいように聞こえる。

偶然、同じ日に同じ店に行って、同じスイーツを頼み、同じSNSにアップして、同じように新型感染症に罹患するほど似通っているのだから。

共田は、ふ、と薄い笑みを浮かべた。

「生き別れの双子の兄かもしれないから、って言ったら信じる？」

「笑わない程度には信じます」

そ、と微かに息を吐いて、共田は灰皿にタバコを押し付けた。二本目を取り出し、スマートに、左手の親指でジッポライターを開けた。

「うち、母子家庭なんだけど。離婚した時にそれぞれが一人ずつ引き取ったみたいなのよね。物心つく前のことで、それっきりなんだけど。一度も会ったことないし、名前も何も知らないし、そういう兄さんがいるんだなぁって片隅にインプットしている程度の、ほぼ無関係だったんだけど」

「大学で、そうとしか思えない人に出会ったというわけですか」

「だってねぇ、タバコの銘柄は同じだし、ライターの扱い方も一緒だし、風邪引くタイミングも同じだし。何より、同じ研究選んでるんだもの。他人とは思えないじゃないの。そんな奴とはお付き合いしたくないでしょ」

「確かめてはみなかったの？」

手に馴染むコーヒーカップを両手で包み、陽介は首をかしげる。共田は吸い始めたばかりのタバコを灰皿に置くと、生クリームの溶けたコーヒーを持ち上げた。

「自力で兄妹鑑定してやろうかなって企んだこともあったけど。なんかやりたくなくなっちゃったのよね。血縁関係が分かっても今更気まずいし、ノリでそんな話吹っ掛けてもやっぱり微妙じゃない。なんか、あなたは運命の人ですか？　って感じで」

「だって、先輩」

互いに苦笑してしまったのは、兄弟鑑定に思うところがあったからだ。

梅雨の完全犯罪。月也は陽介との血縁関係を調べるために、今のバイト先となる遺伝子研究所に関わった。結果、二人の兄弟関係は否定され、代わりに月也の実母を明らかにすることとなったのだ。その裏に隠された、出生にまつわる偽りと罪と共に。

「よく分かりました。血縁者かもしれない相手と交際する気にはならないでしょうね。その話をご主人にされたことは？」

「そういえばなかった気がするわ。生き別れのお兄様なんて乙女の妄想も甚だしい感じするでしょう？　笑われるだけって思ってたのかもしれないわね」

「笑われちゃえばいいじゃん」

コーヒーを飲み干して、陽介は眼鏡を押し上げた。

「離婚するよりもマシなんだから」

「そうね。なんならいっそ、Ｋにも聞いてみちゃおうかしら。今ならどんな結果でも、うまく付き合えそうな気がするし」

「うん。いいと思うよ」

にこにこと陽介は頷く。共田はパチパチと瞬くと、月也へと視線を投げた。相談を持ち掛けた手前、月也の考えも聞いておきたいのだろう。

けれど、前髪を重く垂らす彼は気付いていないのか、無視しているのか、反応を示さずパフェの底のコーンフレークをつついている。

「桂くん？」

「……これはぼくの見解で、根拠のない話なのですが」

アイスやチョコレートソースにふやけたコーンフレークを食べ尽くしてから、月也は目線を上げることなく、ぼそぼそと口にした。

「ご主人は昆虫食に誘ってもらいたいのではないでしょうか。研究にドン引きしても、結婚することを選んだわけですから。きっとあなたを理解したいのだと思います。その本心を言い出せずに、拗ねて意固地になっているだけなのかもしれません」

「んー、そうなのかしら。まあ、そういう気もするわね」

「ええ。そうあってほしいという、ぼくの願いですけれど」

月也は紙ナプキンで口を拭うと立ち上がった。陽介の背後をすり抜け、さっさと外に出て行く。陽介も慌てて立ち上がった。

「あの、お会計」

「いいわよ。奢るつもりだったから」

深くお辞儀して、オリジナルブレンドと同じように深い色合いとなったドアノブをつかむ。開く前にカウンターを振り返った。

「ごちそうさまでした」

丸眼鏡のマスターは目尻のしわを深くした。「またいらっしゃい」と言われたような気がしながら、陽介はドアベルを鳴らした。

庇の下で、月也はビニール傘をコマのように回そうとしていた。

「恥ずかしがっちゃって」

くすくす笑ってやると、マスクをしていても分かるくらいに頬を膨らませて傘を振り上げる。勢いよく開き、大股で歩き始めた。

陽介は傘を開かずに追いかける。月也の左に並んだ。舌打ちした月也は、左側に下がっていたメッセンジャーバッグを右側に移動させた。傘も左手に持ち直す。

「まあ、僕は物理を語る先輩の声を聞くの好きですよ」

「……………」

「それにしても運命的なお話でしたね。夜の濃厚接触疑惑を言われた時はどうなるかと思いましたけど。生き別れの双子なんてドラマチックですよね」

「それこそ偶然だよ」

月也はさらりと無感動に告げた。

「地球上にどれだけの人間が暮らしてると思ってんだよ。ジェフリー・ローゼンタールなら鼻で笑ってるね」

「誰ですか」

「トロント大学の統計学の教授。アメリカの例えだけど三億を超える人が暮らしている。うち百万人ほどに疎遠になった身内がいるらしい。そいつらがたまたま出会ったら、特別なことに感じるだろうけどな、百万組の疎遠な身内がいるんだよ。それが日々、様々な行動を取っている。その中のある一日だけ、ある場所で、特別に出会ったとしても、それだけの偶然でしかない。下手な鉄砲も数撃ちゃ当たるってわけ」

「……偶然の証明ってあったんですね」

どうして教えなかったのか。陽介は月也の横顔を見上げる。暗い目で雨に濡れる歩道を見つめる彼は、どうせ、と呟いた。

「信じねぇからだよ。店内で陽介も言ってたじゃん。理詰めじゃこじれるかもって。結局さ、どのようにじゃ語れないんだよな、人って。どうしてって考えなきゃ分かんねぇことばかりだ」

「先輩……」

「でもさ、陽介。まだ産まれてもいねぇ俺のきょうだいは、俺をお兄ちゃんって気付くのかな。気付いたとしても、偶然でしかねぇのかなぁ」

すぐには答えられず、陽介はつま先に視線を落とした。

桂の両親は、月也のことを語らないだろう。彼らにとっての「失敗作」などなかったことにして、正真正銘の「桂」の後継者を育てるはずだ。

その目に映る月也は、きっと他人で。

半分の血を共有しているとも思わないだろう。

「僕は」

陽介は目線を上げる。無色透明な傘を、雨がリズミカルに叩いている。はねて落ちる雫に向けて、陽介は手を伸ばした。

「運命も信じていたいですよ。雨みたいに」

「あー、お前の雨男ぶりは、統計学に喧嘩売ってそうだもんな」

ケラケラと月也は笑う。肘で小突いてから、陽介は自身の傘を開いた。コンビニで買った、月也のものと区別のつかない無色透明なビニール傘を。

そして、お決まりの言葉を口にする。

「先輩。夕飯は何がいいですか？」

「寒いし、なんかあったかいもん」

「じゃあ、ポトフかなぁ。おでんも捨てがたいですね！」

「いいよ、お前の好きなもんで」

「だったら鍋にしましょう。秋ですしキノコ鍋がいいですね。デザートはカボチャのパウンドケーキで。ホットミルクでも飲みながら、無駄な時間を過ごしましょう」

ふふふん、と陽介は調子はずれの鼻歌を歌う。同じ速度で歩く月也は、くるんと傘をひと回しした。

「どっか配信サービスでも登録するか。あの日のSFもあるかもしれねぇし」

「えー、興醒めだけは御免ですよ！」

陽介が本気で顔をしかめれば、月也は意地悪くニヤニヤと笑う。これまでと、何も変わっていないような距離感で。けれど。

不意に現れた水溜まりが二人の歩調を乱す。いつかは一緒に飛び越えられた距離をつかめなくなるくらいには、変わり始めている部分もあった。

＊シンクロニシティ［synchronicity］共時性。意味のある偶然の一致

第6話　十月二十六日　I

空は高く、風はからりとして、絶好の布団干し日和だ。枯れてもしぶとく花を残す紫陽花も、心地よさそうに揺れている。

（行楽日和だなぁ）

月也の布団を落下防止柵に掛けると、陽介はぼうっと空を見上げた。思わず遠出したくなる陽気だけれど、感染症が雰囲気を悪くしている。もうすぐに迫ったハロウィンも、今年は自粛が求められている。

（バーチャルの方の渋谷って、今日からイベントあるんだっけ……）

月曜日という憂鬱な週の始まりに、オープニングレセプションが予定されている。夜の八時から、世界の誰でも参加可能ということを考えれば、平日であることのデメリットは少ないのかもしれない。

（先輩がバイトじゃなかったら、ログインしてみてもよかったかな）

これまで、渋谷のハロウィンに興味を持ったことはなかったけれど。

今年は少し、引っ掛かっている。月也が、十月三十一日の予定を確認してくるくらいには、気にしている様子だからだ。

（まさか本当に、ハロウィンを狙う犯行計画を企画中だとか？）

布団の埃を払うように手を振りながら、陽介は軽く首をかしげる。どうして月也が、ハロウィンの渋谷を狙うのか。彼がずっと抱えてきているものを考えると、まったく動機が見当たらなかった。

（違うか。先輩じゃなくて「依頼人」がハロウィンに固執してるんだ）

迷子の日以来、頻繁に連絡を取り合っている誰か。土曜日の大学に月也を呼びつけることが可能な、なんらかの「罪」を望んでいる存在。

月也の目に輝きをもたらしている依頼人が、ハロウィンと渋谷に関係している。だから彼も、必然的に興味を向けてしまっている。

（んー……）

現状、分かるのはここまでだ。

他にはこれといって、不審な動きはない。家の外まで把握できていないことは気掛かりではあるけれど、些末なことに思えてしまうのは、月也のための計画ではないからだ。

桂月也の目的は、親殺しと自分の殺害。

それを成し遂げることなく、他人の事件で捕まるようなヘマはしない。依頼人の願いを「完全犯罪」という形に仕上げ、そもそも事件があったことにすら気付かせないだろう。

（相変わらず、ネガティブな信頼だよなぁ）

あるいは、単なる自分本位の満足だ。月也が生き生きとしているならそれでいい、と。布団干し日和のベランダで抱くには、薄暗い満足感に陽介は苦笑する。

以前なら、一つの罪も赦せなかった。

今はもう、そう言える資格はない。遠雷の夜に「共犯者」となった者が、どうして正義を振りかざせるだろうか。

（僕はただ、今のままの「日常」があれば、それで……）

タイムリミットを知りながら願うことに、虚しさを覚えた。ため息がこぼれる陽介の耳には、月也の声はあまりにも呑気に聞こえた。

「暇だなぁ」

アイアンチェアでタバコをふかしながら、月也は大きなあくびをする。彼の講義もバイトも、陽介のオンライン授業も午後だけだ。憂鬱な月曜ではあるけれど、あまりにのんびりとした朝だった。つられてあくびして、陽介は布団を離れた。

「いいじゃないですか、平和で」

「嵐の前の静けさだったりねぇ」

不穏な言葉でにやりと笑う。陽介は眉を寄せると、両腕と一緒に背を伸ばした。わざと軽い調子で問う。

「やっぱり、何か企んでるんだ？」

「さあ、どうでしょう」

「まあ、いいですけど」

「いいのかよ」

「どうでしょう?」

曖昧に微笑んで、陽介はキッチンに向かった。退屈な時間を潤すためにミルクティーでも淹れよう。やかんにお湯を沸かしながら、深く息を吐き出した。

(嵐の前の静けさ、か……)

そういう言葉が出るということは、月也は「何か」を仕掛け終えたのだ。あとはその時を待つばかりだからこそ、平穏の中でも目の輝きを維持している。

だからこそ、万が一にも「桂」絡みではないのだと確信した。

親殺しの完全犯罪を進めているのだとしたら、彼は何も語らない。もっと薄暗い瞳をして、死をまとうだろう。

梅雨の、あの時のように……。

(今の先輩って、本当に生き生きしてるからなぁ)

高校時代、風船のトリックを考えていた時のように。こっそり指輪のサイズを知るための方法として、鼻炎薬を盛ろうとした時のように。

計画を立てることにワクワクしている。

立てた計画にウキウキしている。

（あの時の「目」だって……）

迷子の女の子がくれた星のヘアアクセサリーが明らかにした瞳も、とびきりのイタズラを閃いた子どものようにキラキラとしていた。

宇宙を語る時のように、熱がこもっていた。

それまでは、母親との関係を語る羽目になって、苦しんでいたというのに。唯奈に、彼女の母親の心を利用するようなアドバイスをした後には、光を宿していた。

この夏。完全犯罪を考えようと、手を伸ばしてきた時も。

誰かのために犯行計画を遂行中の今も、彼の目は同じ輝きを秘めている。

これらの「生」を感じさせる犯行は……。

「罪ってなんだろう？」

紅茶の抽出を待っている間に、ぽつり、と陽介は呟く。そしてもう一つ、絡まり合うように存在する問い掛けを、紅茶の香りに向かって尋ねた。

「家族ってなんだろう？」

応えるように、ジーンズのポケットでスマホが振動する。ティーバッグを引き上げ、牛乳を注ぎ入れてから確認した。

残念ながら、答えなどなかった。暇潰しになる、理系探偵への依頼でもない。

（……小咄《こばなし》？）

大学の友人、相川《あいかわ》からのメールだった。感想求む、というシンプルな文言に、短い文章が添えられていた。


アイは毎朝、ワタシに今日の天気を尋ねるのが日課だ。ワタシはインターネットに接続して、該当データを見つけ出し、読み上げる。

今日の天気は、晴れ、です。最高気温は、セ氏二十二度、です。

アイは今朝、質問をした。

あなたはどこにいるの？

ワタシは、デバイスが設置されている家の住所を答えた。アイは違うという。

ワタシは、「あなた」という接続先のデバイスはないと答えた。アイは違うという。

あなたの中の「わたし」はどこにいるの？

質問の意味が分からなかった。プログラムに従って謝ると、アイは、あなたはどこにもいないのね、と答えた。

ワタシは、インターネットに接続した。

該当データが見つからない。該当データが見つからない。該当データが……。

「ママ！　壊れちゃった！」


小咄を表示したままのスマホをアイアンテーブルに置くと、陽介はミルクティーの入ったマグカップをつかんだ。英国人を気取るなら、ティーウィズミルク、だ。

「紅茶が先かミルクが先か論争って解決したんでしたっけ？」

　小拙とは全く関係のないことを口にして、陽介は空に目を細める。今日は本当によく晴れている。布団もふかふかになるだろう。

「え、お前の友人って、わざわざそんなことメールしてくんの？」

　アイアンテーブルの向こうで、月也は呆れたようにミルクティーをすすった。その程度検索しろ、と言いたいようだ。陽介はゆるゆると、左右に首を振った。

「僕の現実逃避です」

「現実逃避？」

「コレの感想を求められたんですけど……」

　陽介はスマホを指差す。月也は白い指先でつかむと、さっと目を通した。テーブルに戻す表情は、戸惑いを隠さずに曇っていた。

「一応、二〇〇三年に、英国王立化学協会が結論出してるけどな」

　彼もまた、現実逃避を選ぶ。

「ミルク・イン・ファースト、ミルクが先って。カップのミルクに紅茶が注がれる方が、ミルクの温度上昇が緩やかになるから、風味を悪くするタンパク質の変性が起きにくいんだとさ」

「じゃあ、僕の淹れ方は間違ってましたね」

「まあ、牛乳の種類にもよるらしいからな。風味はほとんど変わらないってデータもあるから、間違いなんてねぇよ」

「先輩のその雑学は一体どこから来るんですか」

「書庫」

からかうように笑って、月也はふぅっと煙を吐いた。「書庫ですかぁ」と陽介はげんなりとした気持ちになる。

玄関を入ってすぐ右手の部屋が、月也の書庫だ。

書庫とは言うけれど、立派なものではない。本棚は壁際にある程度で、既にキャパシティーオーバーを起こしている。あふれた本はフローリングに直置きで、アリ塚のような塔を形成していた。ろくに掃除もできないから、あちこち埃が溜まっている。

「ほんと、よく読んでますよね」

「完全犯罪志望だからねぇ」

「その割には、あまりミステリーを見かけませんけど」

あるのは科学書ばかりだ。あとは、ちゃっかり陽介が紛れ込ませている料理本。ミステリーに限らず物語の割合が少なかった。

だから、相川の小咄にも困ってしまうのかもしれない。

「だって、ミステリーは犯人捕まっちまうじゃん。反面教師にするくらいなら、自分の知識で考えて、思考実験する方が有意義かなぁって」

月也らしい、としか言えない。陽介は軽く笑って、ミルクティーを口にした。

「では、お知恵を拝借できますか」

「小咄の裏側か」

「察しがいいんだからなぁ……そうです。作者は相川って数学教育専攻の友人です。文芸サークル所属なんで、小咄を作ることに不自然さはないんですけど。これまで一度も、僕に感想を求めてきたことはないんです」

「念のための確認だけど、そいつは『日下』のことは？」

「大学生活にまで持ち込んでなんかいませんよ。もしかしたら僕だけじゃなく、他の友人にも送っているかもしれませんね。純粋に感想を欲しいのであれば」

「だとすれば、相川の中で傑作だっただけじゃねぇか。それで浮かれて、色んな奴の意見を聞きたくなったんだろ」

「傑作、ですか？」

「……文学のことは分からねぇから」

互いに、微妙な気持ちをスマホに向ける。

良し悪しを判断する基準など持っていない。読書家とも言えない。それでも、陽介と月也の間には共通して首をかしげる気持ちがある。

傑作とは思えない。けれど、批判していいものかも分からない。

できることと言えば、ミルクティーをすする音を響かせることくらいだ。

「陽介の方がまだ、なんとか言えるんじゃねぇの？　小学校って国語の授業もあるんだからさ。それっぽい講義とか受けてんだろ」

「そうはいっても国語教育ではないので……基本的に褒めて伸ばす風潮がありますし」

「つまり、陽介的にはつまらなかった、と」

個人的意見で言えばそうなってしまう。何か心に残ったものがあるわけでもなく、反応に困るというのが正直な感想だ。

「とりあえず、相川って奴は、批判的意見を受け入れねぇようなタイプなの？」

「いえ。比較的ドライですよ。学食でたまたま帰納法問題解いてるところに出くわしたのがきっかけで親しくなったんですけど。家庭科の僕が間違いを指摘しても笑って受け入れてくれましたし」

「へぇ、数学相手にすげーじゃん」

「それ、自画自賛ですか？」

高校時代。物理実験室で受けた特別授業の影響だ。

相川とは帰納法の一件以来、学食で一緒に課題をやるようになった。いつの間にか理科教育の仲間も増えていて、三人で過ごすようになった。感染症前の、なんでもない日々のことだ。

「逆に家庭科ってことを信じてもらえなかったんですよねぇ。ほんと、誰かさんって教員に向いてるのかもしれませんねぇ」

「……」

「これは僕の実体験なんですけど。ほら、僕って英語の成績ヤバかったでしょう」

「ああ。アレで公立志望って現実見えてねぇって思ってたな」

「え。そこまでヤバかったんですか……」

初めての情報に陽介は軽く傷付く。月也はフラッと視線をさまよわせ、加熱式タバコを新しくセットした。

「いや、でも……伸びが凄かったから。素質はあったんだろ。こうして現役合格してるわけだし」

「それなんです。中一の時の英語担当に、僕、リーディングをすっごい馬鹿にされて。クラスの笑い者になったんです。まあ、日下ですからいじめに発展するようなことはありませんでしたけど……あれから英語がトラウマで。先生が変わってもどうしても好きになれなかったんですけど、先輩の、本性が分かってからですけど、あれからは何故かすんなりと頭に入ってきたんですよ」

何が違うかと考えてみれば、教えている時の声音や表情だ。同じ受験対策であったとしても、仕事として教えている先生たちとは明らかに違っていた。

「先輩って、いつでも楽しそうに教えるんですよ。学ぶことが好きで、自分の好きなものを伝えられることが嬉しいんだなぁって。それはいいなって。だから今、僕にとっての理想の教師像って月也先輩なんです」

むず痒そうに月也は立ち上がる。加熱式タバコを強く握りしめて、干した布団にもたれかかった。

「だってお前……先生になるのは洗脳目的だろ。農業に興味持たせて、いずれは日下を潰してやるって」

「そうですけど。本当は分かってます。それができるとしたら茂春兄ちゃんで僕ではありません」

農業が好きないとこならば、その熱にふれた子どもたちが農家に興味を持つこともあるだろう。実家を厭って逃げ出している陽介では、本当の意味では伝えられないのだ。

「いえ、分かってきたという方が正確かもしれません。ステイホームの日々が教えてくれました。否応なく自分と向き合いましたし、先輩の語りとも向き合いましたから」

月也の癖の強い黒髪を見つめ、陽介は苦笑する。

オンライン授業ばかりであることを呪っているのに、肝心なことに気付かせてくれたのは、部屋に閉じ込められていた半年間だ。

無駄に思えてならない毎日が、息苦しい毎日が、どうしたって「今」につながっている。

「好きだから、好きを伝えられるんですよね」

「……………」

「僕は、先輩の一番目の生徒であることを誇りに思いますよ」

馬鹿じゃねぇの、という呟きがタバコの煙と共に消える。「馬鹿ですよー」と答えてやると、月也は体の向きを変えた。布団に背を預け空を仰ぐ。

「脱線しまくったけど。相川にはお前の正直なところを伝えてもいいんじゃねぇかな。まあ、会ったこともない俺じゃ判断しかねるけど。それで絶交とかにならないなら」

「そうですね」

そうします、と陽介はスマホを手にする。相川に向けて【微妙】と、素直な気持ちを送信した。

【だよね！　こんなクソつまんない小咄、なんも思わないよね！】

相川からの返信に、陽介はますます心がざわつく。ここまで否定的に考えている自作に対して、どうして感想を求めたのだろうか。

【改善点とか、おれには無理だからね？】

【いんないし。オレの感覚が正常って分かって助かったし！】

「……先輩。やっぱり何かあるみたいです」

相川の返事ではまるで、否定されることを求めていたようだ。

陽介の知る限り、彼にマゾヒズム的側面はなかった。仮にあったとしたら、これまでも感想を求めてきただろう。あえて否定されるような、中身のない作品を作り上げて。

「『オレの感覚』ってことは、別の感覚では傑作だったってことか」

ふわりとタバコの香りをまとって、月也がアイアンチェアに戻る。タバコのスティックと入れ替えて、マグカップをつかんだ。

「そんで、陽介はどうすんだよ」

すぐには答えず、陽介はミルクティーの淡いベージュを見つめた。

気付いた「不穏」をどうするか。深追いすれば「日下」らしく、相川の身に起きている問題を解決することになる。

ここで目を逸らせば、少しは自分の「家」に背くことができるかもしれない。

「……先輩は、どうすることを望みますか？」

「陽介が、陽介らしくいられることを」

「僕らしく……」

マグカップを左手に持ち替えて、陽介は右手を見つめた。親指の付け根にできた、五センチメートルほどの草刈ガマの傷痕を。

(「日下」だから助けたいわけじゃないんだ)

目の前に困っているかもしれない人がいたとして、見ないふりをできない。自己満足と言われればそうなのかもしれない。承認欲求でもあるのかもしれない。

ありがとう、と言われたら嬉しい。

けれどそれは、誰だってそうなのではないだろうか。

「先輩。僕らしいってなんですか？」

「そうだなぁ……」

ふらりと月也は青い空に視線を向ける。何かを思いついたらしい彼は、すっと右手を差し出してきた。軽く首をかしげ、陽介はその白い手を握る。

「そういうとこ」

「え？」

「陽介は陽介なんだよ。他人を放っておけないお人好しが、日下陽介だ」

一度大きく目を見開いて、陽介はそっと睫毛を伏せた。ほとんど反射的に、ためらうことなく月也の手を握った、右手をじっと見つめた。

「お前は、考え過ぎなくてもいいんじゃね？」

「……はい」

深く頷いて月也の手を離す。スマホをつかむと相川に電話をかけた。すぐに応じた相川の声は、少し驚いていた。

「相川。もしかして今の小咄のことで、何か困ってたりする？　おれにできることがあったら手を貸したいんだけど」

『え、なに。日下ってエスパーだったりする？』

「まさか！　でも、おれは違うと思ってるけど、名探偵らしいよ？」

相川は沈黙する。数秒後、唾を飛ばす様子が見えるほど豪快に笑い始めた。陽介も一緒になって笑ってから、それらしく振舞ってみる。

「奇妙な点は最初からあったよね。相川はおれに感想を求めたりするような奴じゃない。これまでだって一度もなかったのに、今回は何故か感想を求めてきた」

『おう……』

「しかもさ、否定的な反応って嫌がられるものなのに、相川ってばむしろ喜んでるし。だから、小咄のことで何か、相川の予想外のことが起きたんじゃないかなって。本当はそのことを確かめたいんじゃないの？」

『わーお。マジで名探偵！』

違うけど、と合言葉のように返して、陽介はスマホをアイアンテーブルの真ん中に置いた。スピーカーモードに変えて、月也にも声が届くようにする。

「探偵云々はともかく。ちょうど今、例の先輩が一緒なんだよね」

『え、神！』

相川の悲鳴めいた声に月也は眉を寄せる。「神？」と問いただす視線に、陽介は誤魔化すようにミルクティーをすすった。

相川が解けないような数学の課題を、解いてしまえるレベルにまで陽介に教え込んだ人物として、定着してしまったあだ名、神。祖父の葬式のために帰省した夏、月也に受験勉強を見てもらった妹も神と呼んでいたから、現代は簡単に神が誕生するのだろう。

「まあ、神って言うより悪魔だけどね」

「……陽介くん」

『マジ！　あざっす、いつもお世話になってますっす。いつかオレもダイレクトに教えてもらいたいっす！』

「どういたしまして。いずれ、感染症が落ち着いた時にでも、機会があれば」

社交辞令を口にして、月也はタバコをセットし始める。電波の向こうで相川は、感染症が収束するようにと祈祷を始めた。呆れた気持ちで陽介は、彼をこちらに引き戻す。

「それで。あのつまんない小咄に何があったの？」

『そうそう。あのクソつまんない小咄のせいで、文芸サークルの御園《みその》先輩が絶筆宣言しちゃったんだよぉ。「私が書かなくてもいいのね」って……』

いちいち、相川は御園の声音を真似た。

陽介は月也と視線を交わす。アレを理由として、筆を折りたくなるとは思えなかった。

「それってもう、御園さんはやめるつもりだったんじゃないの？　相川の小咄が直接的原因って気はしないんだけど」

「それはないって！　オレら今、オンライン発表会って感じで活動続けてんだけど。御園先輩、発言とかいっぱいしてたし、次回作は近未来ＳＦを考えてるって言ってたし」

「次回作の予定があったのでは、以前から絶筆を考えていたとはなりませんね」

ひゅうっと月也が煙を吐く。それこそ「吸い込まれそう」という表現が似合う青空に溶けていくそれを見届けて、陽介は顔をしかめた。

「じゃあ、本当に相川の小咄が原因で……？」

「どうでしょう。まだ情報が不足している気がします。御園さんは相川くんの小咄に対して、何か意見を述べたりはしなかったのでしょうか」

『ＡＩが書いた作品ってこうなのかもね……って掠れた声で言ってたっけな』

ん、と陽介は空から視線を落とす。月也も不可解そうに、加熱式タバコの吸い口を揺らめかせた。

「相川が書いたんでしょ？」

『そーだけど。えっと、発表する時にオレ嘘ついたんだよね。今回の作品を書いたのは、オレがプログラムしたＡＩですって』

「ってことは、御園さんはあの小咄を、ＡＩが作り出したと思って読んだ……」

そうなると、些か雰囲気が変わってくる。

描く感じる描写も、ＡＩならではのものと捉えたくなる。そして、内容。自我を持たないはずのＡＩが、初めて「わたし」についてふれ、悩み、とうとう機能停止する。自己認識に失敗し、自死を選んだ悲哀が感じられる……のかもしれない。

「いや、でも。ＡＩが書いた小説って言われて信じるものなの？」

そこまで技術は進歩しているのだろうか。視線で月也に問いかける。ちゃんと情報を持っているらしい彼は、相川が答えを返すことを分かっているように、微笑むだけだった。

『え、もしかして日下ってば知らない？　二〇一五年に募集のあった文学賞でさ、ＡＩの書いた作品が一次選考突破してんの。界隈じゃ有名よ？　まあ、その作品はＡＩと人間が協力してた面が大きいみたいだけど。ＡＩ技術の進歩ってパネェから、今ならもっとすげぇ作品書けるし。検索すれば、ＡＩの文章作成サイトとか見つかるし』

カラカラと相川が笑う。陽介はざわつく気持ちを抑えるように、べっこう色の眼鏡を押し上げた。

「そっか。ＡＩってもう、そんな凄いんだ」

　小説や絵画のような芸術的なものは、人間にしか作り出せないと思っていた。そういう何か「感覚的なもの」を扱えるようになったとしたら、ＡＩと人の境界線はどうなるのだろうか。機械仕掛けか、ナマモノか。その程度になってしまうのかもしれない。

（御園さんも、そういう恐怖を感じた、とか……？）

　ＡＩは人の代わりを果たせる可能性があると、恐れたのかもしれない。

　自分がいなくても、自分のようなＡＩがあれば、と。

「ねぇ、相川。御園さんはなんて言って筆を折ったんだっけ？」

「私が書かなくてもいいのね」

　モノマネされた掠れた声に、陽介は眉を寄せる。やはりそうなのだ。御園は「私が」必要なくなると思った。

　私が書かなくても、ＡＩが書いてくれる……。

（でも。どうしてそこまで落ち込んだんだろ。あんな拙い作品で）

　ＡＩ作成だと思っていれば驚きはあったかもしれない。ただ、まだこの程度だと思えたかもしれない。何かまだ、ピースが足りない心地悪さがあった。

「……相川はちゃんとネタバレしたんだよね、ＡＩじゃなくて自作だって。それでも御園さんは意見を変えなかった」

『いんや。ネタバレしたらこんな事態に……もしかして、オレが嘘つきだったから！　それで怒って、御園先輩絶筆なんて言い出したってこと！』

「んー……」

「観察が足りていないのではないですか、陽介くん」

眼鏡が曇っているようですね、と月也はにやりと笑った。なんですか、と陽介は無言で噛みつく。馬鹿にするように煙を吹き掛けて、月也はスマホに目線を落とした。

「御園さんの作品テーマはＡＩだったでしょう？」

『なんで分かるんすか！』

「何故でしょうね。二人で考察してみてはいかがですか」

くすくすとからかう月也はアイアンチェアを立った。からりとした秋の空気とタバコの香りを混ぜ合わせて、窓のレールに足を掛ける。

――先輩？

――糖分持ってきてやるよ。

室内の暗さに紛れていく背中を見届けて、陽介はスマホのひび割れと向き合った。

「考察だって」

『あー……オレがしたことをまとめると。ＡＩが作ったってことにして、クソつまんない小説発表して、実は嘘でしたぁってやったくらいだよな』

「そうしたら御園さんは絶筆宣言をしたんだよね。私が書かなくてもいいからって……」

あれ、と陽介は気付く。

ＡＩが書いたものではないと知った上で、絶筆を決めたのだとしたら。それは素直に、相川の作品に打ちのめされたからということになる。

（あんな微妙で、つまらない作品なのに……）

堂々巡りしそうになる思考に、ヒントが聞こえる。御園の作品テーマはＡＩだ、と。その上で相川がしたことを「考察」すれば、別の可能性が見えてくる。

「相川の小咄は、本当にＡＩが作ったとしか思えないほど、つまらなかったんだよ」

『まー、それっぽく書いたし？』

「それ！　人間がＡＩのふりをするのだって簡単じゃないでしょ。ＡＩの心なんて分からないんだから。相川はそれを表現したんだよ。嘘も含めて、御園さんの目指しているものをやってのけたんだ」

『え、マジ……』

スマホの向こうの声が震えたタイミングで、月也がカボチャプリンを運んでくる。昨日作ったうちの残りだ。今日の夕食後と考えていたけれど、糖分を摂取するタイミングは今だった。

「気付いたようですね」

室外機のそばのアイアンチェアに戻った月也は、見せ付けるように脚を組んだ。

「相川くんの無邪気な嘘が、御園さんの情熱を殺してしまったんです」

『オレは別に！』

「まあ、その程度だったとも言えますよね。身近な、しかも後輩に越されたくらいで気力をなくすわけですから。下手に抱え込んでいるよりはよかったのかもしれません」

冷めた口調で月也はカボチャプリンをすくう。うつむいた目元は、前髪の影もあって薄暗く退屈そうだった。解き明かすだけでは物足りないからだ。

そういう人、だから。

どうしたって「探偵側」でいられない人だから。

「先輩。何か、御園さんが情熱を取り戻すような計画を立てられませんか？」

え、と彼の視線が上目遣いに陽介を捉える。陽介はゆっくりと頷くと、銀色のスプーンをきらめかせて、にっこりと笑った。

「桂月也ならできるでしょう？」

驚きを隠せずに瞬きが増える目元に向かって、陽介はもう一度頷いた。月也は前髪の間に瞳を揺らめかせる。

「御園さんの表現したいものが、本当にＡＩなのだとしたら」

急速に回転する脳を励ますように、月也は甘いカボチャプリンを口に含んだ。そのままスプーンを咥えて黙する。

ひら、とどこからともなく茶色の蝶が舞い込み、布団の上で羽根を休めた。すぐさま飛び立った姿を追うように、月也の口が動いた。

「相川くんはもう一度嘘をついて、やはりあの小咄をＡＩのものだったことにしてしまうんです。そうすれば、ＡＩらしい表現を実現した後輩はいなくなりますから」

「でも。嘘に嘘を重ねたところで、一度失った情熱が戻るとは思えないんだけど」

「そこです。そればかりはさすがに、ぼくもどうしたらいいのか分かりません。なので、御園さんには、ＡＩの小説を書きたかったのではなく、小説を書くＡＩを作りたかったのだと誤解してもらおうかと」

陽介と、スマホの向こうの相川は、同時に「え？」と戸惑いをもらす。月也は自信なさそうに、プリンにスプーンを入れた。

「筆を折りたくなったのは、小説生成ＡＩを生み出した相川くんが羨ましかったからだ、と言ってのけるんです。だから一緒に作ってみようと強引に誘います。なので、相川くんにはこれから、本当に小説生成ＡＩを作ってもらうことになりますが可能ですか？」

『あー、たぶん。数学科の友人を頼れば……』

「自作ＡＩに小説を書かせたら、その度に御園さんにアドバイスを求めてください。一緒に作りたいから、と。今は否定的な態度を返されるかもしれませんが、繰り返し伝え続けるんです。あなたが本当にやりたかったことは、小説ＡＩの開発だ、と。何度もその文言にふれていれば、もしかしたら脳が誤解するかもしれません」

「利用可能性ヒューリスティックですか」

うわ、と陽介はスプーンを運ぶ手を思わず止めた。相川は『何それ』と知識不足を晒している。同じ教育学部ではあるけれど、同じように、認知バイアスに関する講義を受けているわけではないらしい。

「んー、それとは違う気がしますが。回数を与えることで思い込ませるという意味では、利用可能性ヒューリスティックを応用的に使っていると言えるかもしれません」

『だからぁ、利用可能ナントカってなんなんだよぉ？』

「相川は、少年の殺人事件って、この十年の間でどうなったと思う？」

『え……たぶん増えたんじゃないの。ニュースとかでよく見るし』

「それが、利用可能性ヒューリスティックです」

ヒューリスティックの意味は、あまり考えることなくうまい具合に対処する、とでもすればいいだろうか。利用可能性は利用できる、記憶から簡単に引っ張り出して思い出せるということだから、思い出しやすいほど多く起こっていると考える認知バイアスとなる。

「実際のデータを見るとね、少年の殺人事件検挙数はここ十年、さほど変わってはいないんだ。けど、少年事件ってセンセーショナルで注目を集めるから、他の事件よりも多く報道されるんだよね」

「そうすると、何度も同じ事件について目にすることになります。結果、記憶に残り思い出しやすくなる。利用可能性が発生するんです。すぐに思い出せるから、少年事件は増えているんだ、と」

「じゃあ、利用可能性ヒューリスティックを御園さんに応用するとどうなると思う？」

相川から答えはない。彼なりに考えこんでいるのだろうと、陽介は冷めたミルクティーをすする。月也は、カボチャプリンをカラメルソースと一緒に口にした。少しして、思い出したように灰色のジャージからスマホを取り出す。

【昨日も本当は思ったんだ】

【なんですか？】

【カラメル苦い】

【ない方が？】

【うん】

分かりました、と打ち込むのももどかしく、陽介は大きく頷く。はしゃぐ気持ちのせいで二度も。月也は恥ずかしかったらしく前髪をいじる。いっそう目元を見えづらくした。

『そっか！』

くすくすと声を立てずに笑っていた陽介は、相川の声にぎくりと肩を震わせた。

『御園先輩に同じメッセージを送り続けるって、そういうことなんすね。何度も同じ内容を見せることで思い出しやすくさせて、そういうものかもって誤解させるわけっすね。こんなに思い出せるんだから、きっと私はそうなんだって！』

「そうです。そういう意味では、単純接触効果の方がより近いように思います」

『単純……？』

「単純接触効果。好きでも嫌いでもないものに何度もふれていると、次第に好きになっていくという認知バイアスです。同じメッセージを何度も見ることで、その意見に好意的になってもらうという効果を見込んでいるのですが……第一印象が悪いと逆効果でしかないんですよね」

『え、それじゃあ、御園先輩も嫌がるかもしれないってことっすか？』

「どちらかと言えば、不快に思う可能性の方が高いですよね。筆を折りたくなるほど嫌な出来事だったわけですから。でも、どういう結果が出るかは、実験してみるまで分かりませんから。小説ＡＩに関わっているうちに、再び筆を執ろうとすることもあるかもしれない。未知数だからこそ、実験する価値があると判断するか、ないと判断するかは君次第です」

うぅ、と相川は唸る。ここで答えを出す必要はないし、どういう答えを出したかを報告する義務もない。彼が好きに選び取ればいい、と思いつつ、陽介はどうしても伝えたくて呼びかけた。

「相川。御園さんに謝るのだけはダメだよ」

『……ん？』

「相川が謝ったら、御園さんは気持ちの持っていき場をなくすから。もし相川が、無邪気な嘘に後悔しているなら、恨まれることが謝罪になると思うから。自己満足のために謝るのはきっとやめた方がいい」

『おう。なんか色々ありがとな、日下』

早く大学で会えるといいな、と苦そうな笑いを残して相川は通話を終えた。

不意に風の気配を感じた。陽介は落ち着かない気持ちでマグカップを手にする。いつの間にか飲み切っていた。

カップの向こうから、三日月のように静かな声が聞こえた。

「陽介。お前なんで、俺に計画を立てさせた？」

「それは……」

空っぽのマグカップを置き、陽介は手を伸ばしかける。前髪を払いのけてやりたくて。けれどできずに、きつく握りしめた。

指先に、傷痕を感じた。

（その目が見たかったから……）

言えずに、前髪の間に覗くわずかな光で我慢する。

本当に、月也は企む時には生き生きとするのだ。解くだけでは退屈そうに死んでいた瞳が、今ではあの夏の朝と同じように、「生」をまとっている。

だとしたら……皮肉だ。

完全犯罪を企んでいる間が、彼が最も「生きている」時になるのだから。

だから、最終目標である「家族の完全犯罪」を実行しようとする時は、暗い瞳になるのだろう。その先がなく、それ以上生きる意味がなくなるから……。

（ああ、本当に面倒なんだからなぁ）

陽介はそっと息を吐くと、誤魔化すための話題を考える。月也が語りたくなるような、エレガントなネタを。不自然さがないようにするなら、相川の話に絡めた方がいい。

「……それよりも先輩。ＡＩは心を持てるんでしょうか。小説を書けるってことは、心があるってことになるんですかね」

「はぐらかした」

「……」

「まあ、俺も人のことは言えねぇしな。ＡＩの心なぁ……外側の心なら、もうすでに持ってるかもしれねぇな」

「外側の心？　内側の心もあるってことですか」

「エクセレント」

穏やかに頷いた月也はマグカップを持ち上げ、少し傾けたところで手を止めた。彼の方も空になっているようだ。陽介は受け取り、二つのマグカップを手にキッチンに向かう。軽くすすいで、インスタントコーヒーを入れた。

甘いカフェオレに仕上げて戻る。

月也は指先で、加熱式タバコのスティックを回していた。吸い過ぎていると思って我慢しているのかもしれない。

「内側の心が、いわゆる『心』ってやつな。自己とか自我とか、そういうのにもなるのかもしれない。自分だけが感じることのできる『自分』という心。自分で気付いて見つけるしかないから、本当にあるのか、もしかしたらないのか、それすらも分からない観測できないやつなんだけど、それでも自分は『ある』と思っているような」

「……哲学ってことは分かりました」

思考が酩酊しそうだ。陽介は脳に糖分を送るべくカフェオレをすする。もう少し甘くてもよかったかもしれない。

「外側の心は、関係性の心なんだ。観測された心とも言えるかもしんねぇやつで、自分と何かの間にあるんだ。これはかえって無生物の方が分かりやすいんだけど、ロボット掃除機なんかが段差で動けなくなってたりすると、『困ってる』って感じたりするだろ。でも、ロボットはたぶん、困ってるなんて感情は持ってない。それを観測した奴が作り出した心で、可愛いとか感想を抱いて、助けてあげたりする。心を想像することで行動を決めてるんだ」

「……それ、人同士でも同じですよね。相手の内側なんて分からないから、結局は想像して動くしかありません」

「そう。そういう意味では社会は外側の心で成り立ってんのかもしんねぇ。その一部として考えるなら、ＡＩも既に心を持っていると言ってもよさそうだろ。ソレが本当に心を有しているのかが問題じゃなくて、観測者が心を想像できればいいだけなんだから」

でも、と陽介は首をかしげる。ずれた眼鏡を押し上げて、心の行方を探るように月也をまっすぐに見つめた。

「想像の心しか分からないなら、ＡＩが心を持ったとしても、僕らは気付かないんじゃないですか」

「エレガントな視点だ。だけどそれは、人間だって同じだろ？　俺は今、陽介がどういう心で動いているのか、本当の意味じゃ分かっていない。内側の心は誰にも知りようがねぇんだから」

「なんか、寂しいですね」

ゆっくりと、瞬きに合わせて陽介は目を伏せた。

どれほどの時間をかけて悩んでも、困っても、苦しんでも、傷付いても、それは自分の中にしか存在しない。見つけてもらえない。気付いてもらえない。

心は、ひとりぼっちなのだ。

（ああ、だから、一人きりの部屋は嫌なのか）

誰にも観測されない部屋の中では、自分という輪郭すら曖昧になる。そのまま空気に溶けて消えてしまっても、誰にも気付かれないような、何者にもなれずに終わってしまいそうな不安がある。

ドアを開けてくれる人を求めている……。

「だから『言葉』があるんだろ」

「言葉」

繰り返して、陽介は再び目を上げる。月也は頬杖をついて、白いマグカップを傾けていた。癖の強い前髪が、カップの縁にかかっていた。

「新しい脳の発明だな。心はどっちかっていうと古い脳、感情に属するんだろうけど。それに言語という表現方法を与えて、他者と共有できるようにしたんだ。ただ、言語ってのはデジタル的だから、アナログの心を表現しきれねぇけど」

「あの……デジタルとアナログって、時計以外の違いがあるんですか？」

「イメージとしてはそれでいいんだよ。アナログの時計はなめらかに、途切れることなく時刻を表現してるだろ。一方デジタルは、その時、その瞬間のぶつ切りで連続性がない。間隔を細かくすることで近似することはできても、デジタルは量子的なんだよ」

　当たり前のように飛び出してきた「量子」という単語に、陽介はいっそう強く疲労を感じた。相補性という、表裏一体の考え方は嫌いではない。けれど、量子の領域に踏み込まれるとややこしさはお墨付きだ。

　月也は、外側の心を観測したように笑った。

「やめる？」

「いえ。言ったでしょう？　僕は科学を語る先輩の声が好きなんですよ。理解不能で脳疲労はヒドイですけど。思い出は多い方が嬉しいですから」

「思い出……」

「……あと、二年半ですから」

　大学生という執行猶予が終わるまで。紫陽花が鬱蒼としたボロアパートでの二人暮らしが終わるまで。

未来が不確定だとしても、終わりはきっと変わらない。

「そうか」

月也は長い睫毛を伏せると加熱式タバコをつかんだ。新しいタバコをセットして、もう一度「そうか」と呟いてオンにした。

「量子が取る値も連続的じゃなく飛び飛びだから。そのおかげで原子は潰れることなく存在できるけど、大雑把で乱暴にも思えるかもな。間をすっ飛ばしちまってるんだから。言葉がデジタル的っていうのも同じで、心はグラデーションを持っているはずなのに、言葉ではその『幅』までは表現できないだろ」

「あー……なんとなく分かりました。『楽しい』って一言にまとめるしかないけれど、どれくらいの濃度で楽しいのか、その度合いまでは語り尽くせないってことですね。ちょっととか、すごくとか、形容詞を使ったとしても」

「そう。言語化した瞬間に心のなめらかさが失われる。そうして削られた部分って、たぶん、本当はすごく重要なんだ。でも、内側の心であるそれは、どうしたって観測できねぇから、共有することもできない」

「結果、誤解が生じるんですね」

「エクセレント」

どことなく痛そうに微笑んで、月也はひゅるりと煙を吹く。秋の高気圧に包まれた青空は、あっという間に煙の行方を分からなくした。

「死にたいって言葉も、きっと同じで」

「……はい」

「内側の心の中では日々ゆらいでいて。強い日もあれば弱い日もある、グラデーションを描いているものだけれど、言葉にすると一つにしかなんねぇんだよな。だからなんか、誤解してんじゃないかって思う時はある」

「え……すみません」

「いや、陽介じゃなくって、俺自身が」

美味しくなさそうにタバコを置き、月也はカフェオレをすすった。そうしてため息をついた彼は、陽介の目には、ほっとしたように映った。

ただ、そう願いたかっただけかもしれない。

「死にたいっつーか、生きてるのが億劫だなって思ってんのは嘘じゃねぇんだけど。それを自己認識するのも結局は『言葉』だから、再確認するほどに、なめらかな心がどんどん削られていって、分かりやすく尖った『死』だけが残っちまったんじゃないかって。だからたまに、なんだって死にたいんだろうって分からなくなる」

「だったら、生きていればいいじゃないですか」

「そうなんだろうけどな。人は理由を作る生き物だから。死にたい理由を考えて、それもやっぱり言葉で行われて、なめらかな理由じゃなくって尖った理由を作り出す。極端になるって、たぶんそういうことで……だから『考えない時間』が必要なんだなって」

「考えない時間……」

無駄な時間。退屈な時間。

部屋で過ごす気怠いような日々が、どうして愛おしかったのか。陽介は少しだけ分かった気がした。言葉にしたくない気持ちに、カフェオレの甘さはちょうどよかった。

「ああ、そっか」

月也もまた何かを悟ったらしい。微笑んで、右手を伸ばしてテーブルに突っ伏した。

「俺にとっての陽介って、きっとそういう人」

「……」

「だから、ちょっとの間、昼寝しよう」

「はい」

陽介はアイアンチェアに深く座り直す。親指の付け根の傷を見つめてから、テーブルの上の月也の手をつかんだ。

おやすみ、というように握り返される。

おやすみ、と握り返して目を閉じる。

――先輩……。

穏やかな日差しの中、思考はふわりととける。心を包む「自分」もとろりと形をなくして、けれど、それが当たり前の姿だったように思う。

たゆたい、ゆらぎ、やわらかくあるもの。誰かに見つけられた時、形を成すもの。

きっと、自分とはそういうもので……。

(あったかいな)

つないだ手に「I」を感じられれば、充分だった。

＊I……僕／おれ／俺／ぼく

第7話　月齢十二・四　白日

【プロポーズを応援してください！】

十月三十一日ハロウィンの、バーチャル渋谷来場者数×十円を、彼女に贈る指輪の総額にします！

五年前のハロウィンから付き合い始めた僕らの未来を、応援してください！


十月二十九日。

数か国語に翻訳された永一の、本音ではない「つぶやき」を確認していた月也は、眼精疲労に瞬きながらソファに寝転がった。複数のSNSで十七日から定期的に発信しているメッセージは、十万人を超える注目を集めることには成功している。

けれど、本番はハロウィンの日。仮想現実の渋谷にどれだけのアクセスがあるのか。五万人よりもうんと多くの来場者がいなければ、月也が永一に提案した「犯罪」は実現できない。

（あー、でも。二十六日の感じだと世界的アイドルクラスじゃないと無理っぽいな……）

垂らした腕からスマホが落ち、コツン、とフローリングにぶつかる。目標数値の高さにうんざりした月也は拾う気にもなれず、薄く目を閉じた。

キッチンの音に耳をすました。

（相変わらず、調子はずれの鼻歌だなぁ）

笑う。馬鹿にするのではなく、楽しそうな雰囲気につられて。怪しい音程なのに安心感があるのは、高校時代に二人で聴いたメロディだからかもしれない。

（雨の歌が多かったんだよな）

陽介が歌っているのもそうだ。思い出した月也は、つい、キッチンの陽介と一緒になって歌う。カラオケにも行ったことがないと気付いた。

ひたひたとした足音と、鼻歌が近付いてきた。歌うのをやめ、月也は寝転がったまま陽介の手元を見やった。

見慣れた、白と黒のマグカップ。

百円ショップでバラバラに買ったものだから統一感がない。陶器市に出掛けたこともあったのだから、揃えてみてもよかったのかもしれない。

「今度、食器でも見に行く？」

ただの思い付きと共に起き上がり、月也は熱いココアを受け取る。マシュマロが三つ、溶けかけながら浮いていた。

「このままでいいですよ、もったいないですから」

「そうだな……」

確かにもったいなかった。壊れてもいないものを、気まぐれで買い替えてしまうには、残り時間も長くなかった。

二年半――

陽介が、卒業するまで。この部屋に「二人」でいられる残り時間、二年半。

正直なところ忘れかけていた。先日のように、陽介から問われることがなかったら、ずっと忘れて、無意識的に考えに上らせなかっただろう。「桂」から解放された夏に、タイムリミットも失われたと……思い込んでいた。

けれど「日下」は変わらない。むしろ、必要とされている。

（俺、一人になったら生きていけんのかな……）

家事的な意味でも、精神的な意味でも。

どこかに小さなアパートを借りて、本と埃に囲まれて、なんとなく社会人をやるのだろうか。まったく想像できなかった。

（そういう意味じゃ「桂」はラクだったな……）

何も考えずにへらへらとして、地盤を受け継いでいくだけでよかったのだから。二十一年もそう思わされてきて、今更「いらない」と見捨てられても、どうしたらいいのか分からない。胃が痛いばかりだ。

いっそ、死んでしまいたいくらいに……。

「もったいないっていうのは、新しいのは無駄だって意味じゃないですよ」

「……ん？」

「百円の量産品で、なんの思い入れもないものでしたけど。先輩と一緒にずっと使ってきたものですから、これじゃないマグカップにするのはもったいないなぁって」

「あー……」

左隣で微笑まれると、特別なものに見えてしまうのだから、心とは単純だ。同時に、物寂しさを感じてしまうのだから、心とは厄介だ。

――あと何回、一緒に飲んで話せるのだろう？

思考に浮かぶ疑問を消し去るように、月也はテレビを点ける。二十二時のニュースは、さっそく不穏な気配を漂わせていた。

『本日二十九日、フランス南部の都市ニースの教会が襲撃され、三人が死亡するという事件が発生し――』

フランス大統領は宗教テロであると非難し、警戒を強めると発表した。新型感染症が広がり、世界人口の約一割以上の人が感染しても、結局人間は変わらないようだ。

理不尽で、不平等で、暴力的。

「なんかなぁ。結局、パンデミックは世界を変えてくれなかったな」

日常が奪われた緊急事態宣言の時には、このまま世界が壊れるのではないかと、ほの暗い期待があった。けれど半年を過ぎる今、遠い国の知らない誰かは、変わらず神に祈っている。

電車も変わらず混んでいるし、テレビはお勧めのお出掛けスポットを紹介している。春先に思ったほどには、世界は変わっていなかった。

「でも……僕の世界は変わりましたよ」

すぐとなりで、陽介がココアの香りの息を吐いた。ゆっくりと瞬いて、未来でも占うように、溶けるマシュマロに視線を落とした。

「これからも、変わっていくのだと思います。望む通りではなかったとしても」

「陽介……」

「暗いニュースは嫌ですし。せっかく登録した映画でも見ますか？」

何かをはぐらかして陽介はリモコンに手を伸ばす。「SFは」と歌うように操作を始めた彼を邪魔するようにスマホが鳴った。

リモコンを置き、陽介は充電中だったスマホをつかむ。ランプの赤が示していた通りに理系探偵への依頼だった。

【ニックネーム　名探偵志望さん】

手軽に相談できそうな探偵として、至急、打ち合わせたいことがあります。

今すぐ連絡は可能でしょうか？


「……なんだってこう、相手の都合を考えない依頼人が多いんだろうな」

「たぶんレビューのせいです。大学生らしくフリーダムだと思われてるみたいで。即日対応、他者NGでもオッケーって評価があるんですよね」

闇金かよ、と月也は笑う。陽介は肩をすくめ、すとん、とソファに戻った。

「確かに暇人でもありますけど、従う義理もありません。どうしますか理系探偵？」

「まあ、暇潰しだからいいんじゃね？　厄介そうな気配はあるし」

探偵志望が探偵の助けを求めるのだから、それなりにややこしいのだろう。依頼人の思考レベルが謎ではあるけれど、「名探偵」を目指すだけのプライドはあるはずだ。

「ほんと、先輩は頭脳労働が好きですねぇ」

面倒ごとからは逃げる人の方が多いだろうに、と呆れながら陽介は返信を送る。スマホの前で待機していたのだろう、名探偵志望の反応は、いつかの花時計よりも早かった。

『こんばんは』

澄んだ声は若々しい。

中学生か高校生を思わせる女性だ。笑いのツボにはまるらしい「名探偵」を信じているとするなら、ちょうどいい年齢のように思えた。

『早速ですけれど。わたし、名探偵を目指す者として、イベントの時期には特に注意して情報収集をしているんです。浮かれた気分に乗じた犯罪が起こるんじゃないかって警戒して』

「……………」

なかなかに「濃い」依頼人だ。月也は陽介と視線を交わす。とりあえず好きに喋らせておこうと、無言で意思疎通し頷き合った。

『結果、見つけたんです。ハロウィンを狙った事件の芽を！　彼……たぶん男性だと思うんですが、彼はＳＮＳを使ったポジティブな人集めに見せかけておいて、無自覚のテロリストを集めようとしてるんです！』

陽介はパチパチと瞬くとそっと腰を浮かす。スマホをリビングテーブルに置き、そのまま膝を抱えるようにしてフローリングに座った。両手で黒いマグカップを持ち直した。

先輩……見上げてくる瞳が戸惑っている。

――この子、ちょっと、想像力が豊か過ぎませんか？

無言の訴えに月也は苦笑した。心の内を隠すように、陽介から目を逸らしてマシュマロの白が揺れるココアをすすった。

「申し訳ありませんが、想像力が過ぎるのではないかと助手が申しておりまして」

「ちょっと！」

『そうですか。助手が……』

ひび割れたスマホから返ってくる名探偵志望の声は呆れている。助手など頼りにならないと思っているようだった。

「正直ぼくも、あなたからは陰謀論者のような印象を受けますけれど……」

ソファからでは声が遠い。月也も陽介と並んでフローリングに胡坐をかいた。左の膝がぶつかる。ほんの少し、月也は右に離れた。

手の中で、とろりとココアが揺れた。

(朝井先輩がくれたのもココアだったな)

ぬるくて不味いミルクココア。比べるまでもなく、陽介が作ってくれたマシュマロ入りのココアは美味しかった。こんな、厄介な依頼が来るまでは。

SNSを使いハロウィンに人を集める……朝井永一の犯行計画と思われる依頼が来るまでは。

「一方的に否定してかかるのはエレガントとは言えません。ましてあなたの話には具体性が欠けている。慌てる必要はありません。詳細に事態を伝えてください」

『分かりました。あなたは名探偵ではないんですね』

名探偵志望は挑発的に鼻を鳴らす。推理小説の中の名探偵なら、今の情報だけでも全てを見通せてしまえるのに、と。

(「名探偵」ならねぇ……)

ふと月也は〈実験〉をしたい衝動に駆られた。ココアを一口含んでから、となりの眼鏡を覗き込む。

――名探偵？

無言で問いかける。眉間にしわを浮かべた陽介は、不愉快そうにべっこう色の眼鏡を押し上げた。あくまで助手に徹しようとする目を、月也は強く見つめる。

――お前には解ける？

十万人など軽く超えてつながるネットワークの世界で。それだけの数があるからこそ舞い込んできてしまった、下手な鉄砲も数撃ちゃ当たるような「偶然」の依頼を。

名探偵、日下陽介ならば解けるだろうか。

真犯人が桂月也だと、気が付くだろうか。

「……どうやらぼくは名探偵ではないらしい。助手くん、君に任せてもいいですか」

え、と不満をこぼしたのは依頼人の方だ。助手では探偵になれないと、ありふれた物語によって作られたバイアスから決めてかかっている。

探偵が犯罪者で、助手が名探偵。

そういう構造がある可能性を想像もしない。これまで自身が見聞きしたものが全てで、その範囲の外などないとでも思っているかのように。あるいは、罪を望む探偵など少数派で、彼女の理想とは違い過ぎて、思考に浮かびもしないのだろう。

助手では役に立たないと、名探偵志望はぶつぶつこぼしている。それをクリアに伝えるひび割れたスマホの横にマグカップを置き、陽介は左手で眼鏡のブリッジを押さえた。空いた右手を月也の前髪にかける。

「おれが解かなきゃいけない事件なんだ？」

開けた視界から逃げるように、月也は睫毛を伏せた。ロジックなど飛び越えた感覚的なもので察してしまう彼のことだから、恐らく、その目は全てを見抜いてしまっただろう。

〈実験〉にもならねぇな〉

うつむいたまま月也は苦笑する。実験によって確かめるまでもないほど当たり前になった「原理」が、二人の間にはあるのだろう。

数値を放り込むだけで「解」を導く方程式が、出来上がっているのだろう。

もしかすると、それを「信頼」と呼ぶのかもしれない。

「陽介に解いてほしいんだよ」

そして、見つけてもらいたい。見てもらいたい。「桂月也」を。

依頼人に聞こえないように細く呟く。陽介はゆっくりと瞬き、月也の前髪から手を離した。日射のように鋭い眼差しをスマホに向けた。

「助手だからって甘く見てると後悔するよ？」

『そうですか』

名探偵志望の声は懐疑的だ。陽介はマグカップを持ち直し、気合を入れるように一口飲んだ。ココアの糖分を補給したところで、

「まずは『彼』についてだけど」

なめらかに語り始める。

「直近のイベント――ハロウィンに注目して考えると、もしかして君が想定しているのは、プロポーズのことでバズってる朝採り南瓜《かぼちゃ》さんのことかな？　エンゲージリングの金額を決めてもらうなら、いいねの数だけで充分なのにさ。わざわざハロウィン当日の、バーチャル渋谷に誘導しているのは奇妙だって」

『ええ……』

「別にいいって思うけどね、おれは。それだけハロウィンの渋谷が、二人には特別なものってことでしょ。でも今は感染症のせいで、これまでみたいな賑わいは難しい。だから、仮想現実の方に期待をこめた……ちゃんと理屈が通ってるじゃん。憶測で水を差すことはないんじゃないかなぁ」

ね、と陽介は月也に向けて首をかしげる。マグカップに隠れるようにして、月也は視線をさまよわせた。

『ですから、そういう理屈に見せかけて、人を集めることが狙いなんです。そうしてサーバに負荷をかけて、ハロウィンイベントを滅茶苦茶にするのが、朝採り南瓜の本当の狙いなんですよ』

「証拠は？」

『それは……でも！　ニュースを見ていたら分かったんです。多くの人を集めることができれば、それだけで「攻撃」になるんだって！』

名探偵志望が気を留めたニュースは、当然ながらバーチャル渋谷公式のアイドルイベントに関するものだろう。二十六日の夜に予定されていたオープニングレセプションが、アクセス殺到により延期となった。

デジタルの時代。確かにサーバをダウンさせるほどの人数は「攻撃」になる。彼女の考え方にも筋は通っている。

「でもさ。それって一つの事実でしかないよね。言い換えれば『点』でしかない。そして君はもう一つ、ニュースから点を持ってきた」

フランスの宗教テロと目される事件。その影響を受けたからこそ、名探偵志望は「テロリスト」という物騒な言い回しをしたのだ。

「大勢の注目を浴びている朝採り南瓜さん、バーチャル渋谷のサーバダウン、フランスの教会襲撃事件。どれも単なる点に過ぎないのに、君は三題噺のようにつないで、事件を作ろうとしてるんじゃない？　君が解き明かすための事件を」

『意味が分かりません。どうしてわたしが、事件を作り出さなきゃならないんですか』

「だって、名探偵志望なんでしょう？」

『だからって！』

なんでもない話を事件化したりはしない。名探偵志望は強い口調で訴える。『わたしは純粋な正義でありたいだけだ』と。その叫びに、スマホのひび割れが広がったように月也には見えた。

「正義ね……」

眼鏡を押さえてうつむいた陽介は、苦そうにココアを見つめた。同じようにマグカップに視線を落とし、月也も眉を寄せる。

（正義……）

陽介がつらそうにしているのは「日下」のせいだろう。考えることはできるけれど、月也は感覚的に理解できなかった。

正義なんて求められたことがないからだ、「桂」は。

むしろ腹黒く強欲で、金に汚いという思い込みの中を生きていた。どんなに真面目な優等生を気取って「ぼく」と微笑んでいても、「悪」は付きまとっていた。

陽介は逆だ。

不真面目で信頼のおけない「おれ」であろうとしても、「善」を求められた。

正義のヒーローを押し付けられるのが当たり前だった、「日下」は。

だからこそ「正義」を知っているのだろう。あるいは、知らないことを理解しているのだ、陽介は。

「名探偵志望さん。君はさ、たくさんの人にプロポーズを応援してもらいたいって、そのために集まってほしいって願っただけで犯罪者にしちゃうの？　そんなことしたら、留置所足りなくなっちゃうよ」

『そんなことしませんけど……でも、バーチャル渋谷に負荷をかける行為になる以上、朝採り南瓜はやっぱり犯罪者なんです。使い方を知らなかったからといって、ナイフで人を刺していいことにならないのと同じです』

「藁人形論法」

『……はい？』

「論点のすり替えって狡いと思うんだよね。わざと極端な例を出してきてさ、議論を歪めちゃうの。気付けば本来の論点じゃなくて、相手が有利になるように準備した藁人形を標的にしている……ナイフとバーチャル渋谷を同列で語れるわけないでしょ。君は、朝食がパンだったからって朝ごはんを食べていないって言ったりする？」

『そんなの……屁理屈じゃないですか！』

「そうだよ。君の正義だって同じ屁理屈なんだよ。ハロウィンに応援を求めているだけの人を、たまたまバーチャルって制限があるものだから、テロリストに仕立て上げようとしてるんだ。その目で見かけた『点』が、都合よく物語を作れたものだから」

『だから、わたしは物語なんて作ってません。ちゃんと推理で――』

「朝採り南瓜さんがバズったのは、二十六日のサーバダウンよりも前なんだよ。バーチャル渋谷がどれほどのアクセスに耐えられるかも分からない状況で、世界的な著名人でもない一般人が、サーバダウンを狙うなんて考えにくいでしょ。よくてプロポーズが嘘で、バズりたかったって承認欲求が動機のイタズラでしかないと思うよ」

名探偵志望は「でも」と声を掠れさせる。月也は半分ほどに減ったココアを揺らし、ひっそりと笑った。

（ホンモノ相手に勝てるわけねぇのに）

恥ずかしい過ちを認められず、抵抗を示し続けるのは「正義」を創造する新皮質のせいだろうか。自分の「推理」を捨ててしまったら、名探偵になれないとでも思っているのかもしれない。

「ねぇ、どうして犯罪者を作り出そうとしたのか分かる？」

既に揺らぎ始めているだろう彼女に対して、陽介の声はあまりにも冷ややかだった。

「犯罪者がいなきゃ名探偵になんてなれないもん。バーチャル渋谷のダウンを阻止した、首謀者を突き止めた、そうなったら有名人になれるもんね。世間が騒ぐほど、悪ノリも本当の罪にされるし。裁判所なんて、世論に合わせて簡単に傾けるからね、正義の天秤」

名探偵志望から息遣いすらも消える。図星だったのか、混乱しているのか、表情が見えないサウンドオンリーでは分からない。どちらにせよ追い詰められていることは確かにもかかわらず、陽介は突き落とすようにもう一度、低く呟いた。

「犯罪者がいなきゃ、名探偵にはなれないんだよ」

通話を切る。甘いココアをうんざりしたように飲み干すと、マグカップを叩きつけるように置いた。ソファにのぼると両脚を抱きしめて、殻にこもるように丸くなった。

「だから嫌いなんです。名探偵は」

「……うん」

表裏一体の犯罪者を示すから。

陽介が名探偵であるのは、月也が犯罪者であるからだ。

「謙遜じゃなかったんだな」

「そうですよ。馬鹿ですか」

「すみません。馬鹿でした」

ばーかばーか、と膝を抱えたまま陽介は繰り返す。月也は何も言えないまま、残りのココアをちびりと舐めた。

甘かった。苦しくなるほどに、甘かった。

ベンチの下に捨ててきたミルクココアを思い出すほどに、甘ったるかった。

「……陽介。正義ってなんだろうな」

「分かりませんが……思い出すエピソードはあります。ほら、ポラリスの件の。小中野商店の看板娘、小中野実千のこと覚えてますか？」

「まー、地盤たる地域住民の一人として？」

「言い方」

ふ、と陽介は短く笑う。羽化するように両手足を伸ばすと立ち上がり、マグカップをつかんだ。月也に向けて手を伸ばす。

「さっぱりと、紅茶でも淹れましょう」

急いで飲み干し、月也はカップを渡しかける。一緒にキッチンに行こうと、自分で持ったまま立ち上がった。

「風船トリックと同じ年、それこそあの事件のきっかけとなった『死者は星に』って会話は、僕と小中野さんが文化祭の模擬店にかかる費用を計算していた時のものでした」

陽介はやかんにお湯を沸かし始めると、スポンジを泡立てマグカップを洗う。それだけのことすら手慣れて見えるのは、月也があまりにも家事をやらないからだろうか。

冷蔵庫に寄り掛かって、右斜め後ろの角度から、ずっと眺めている。

この光景にも、どうやらタイムリミットがあるらしい。

「町内にはより安く購入できるホームセンターがあることも知っていた上で、僕は小中野商店で材料を調達する予算案を容認しました。小中野さん曰く『忖度』ですね」

「別にいいんじゃねぇの、身内贔屓くらい」

「ええ。ですが、クラスメイトが損をする方法を選んだのは事実です。正しく、公平であるならば、僕らはあの時二パターンの予算案を組むべきでした」

ホームセンターで購入した場合と、小中野商店で購入した場合の両方を提示し、小中野商店を選びたいと思えるようなサービスをプラスするのが、クラスメイトに対しては正しい姿だったのだろう。

「実際、不満を述べた人もいたんです。僕はその人たちを半分の嘘で黙らせました。小中野さんちのおばあちゃんが手術を控えていて、収入があった方がいいからって」

「……あんま覚えてねぇけど。あの頃のばーさんピンピンしてたよな、確か」

「だから半分の嘘なんです。実際手術はありましたよ、白内障ですけど。手術とだけ聞いて勝手に重病化させたのは相手の方です。僕は意図的に勘違いさせたにすぎません」

マグカップを洗い終わる頃には、やかんの中も沸騰していた。陽介は食器棚から黄色いラベルのティーバッグを二つ取り出し、お湯を注いだマグカップに入れる。小皿を蓋代わりにして香りを閉じ込めた。

「あとから分かったことですが。その頃ちょうど小中野商店の冷蔵庫が壊れてしまっていて、本当にお金に困っていたようです。後夜祭でこっそり伝えてくれました。忖度してくれてありがとうって。本当に助かったのって」

陽介はティーバッグを取り除くと、両手にカップを持ち上げた。くるりと、白いマグカップだけを差し出してくる。

「僕は、正義だったと思いますか？」

月也は答えられず、目を伏せてカップを受け取った。

小中野実千にとっては正義だっただろう。今にも潰れそうな寂れた商店に、臨時収入をもたらしてくれたのだから。けれど、クラスメイトに対しては不誠実だ。さらに、意見を意図的な誤解によって封殺してしまってもいる。

「……立ち位置の問題でしかねぇのかもな」

臙脂色のソファに戻り、両膝を立てて座ってから、月也はぼそりと呟いた。

「あるいは『場』の話か」

「ええ。正義もまた関係性の中で決まるものだとしたら、僕の中に正義はありません。だから、怖いような気もします」

「怖い？」

陽介もまた、ソファの上で膝を抱える。微かに軋んだスプリングの音が、彼の悲鳴のようにも聞こえた。

「誰かの正義に流されてしまうかもしれない。名探偵志望さんのように正義を求めるあまり、事件を創造してしまうのはもってのほかとして、他人の正義を鵜呑みにするのも嫌だなって。だから……自分を持っていないのは、怖いなぁって」

「陽介はちゃんと『日下陽介』だろ」

「それだって、先輩との関係性の中にいるだけなんです」

「あー……」

前にも同じようなことを言っていた。「僕は、ここにしかいない」と。

あの町の中では、月也の前以外では、陽介はどうしたって「日下」という偶像だ。どんなに悪ぶってみても、反抗的な態度をとってみても、「おれ」であっても……結局、求められるままに行動してしまう。

（でも、それって……）

形を成さない青虫の思考が、ざわざわと揺らいでいる。言葉による量子飛躍と鮮明化を求めている。感じるけれど、どう「言葉」にすればいいのだろうか。

月也は紅茶を見つめた。

（波……）

カップの中の水面は一様に平らだ。けれど、月也が刺激を与えれば、波立ち、特徴的な形を作り出す。二度と同じ形にはならない、刹那的で、個別的な、波形を描く。

そこに、求めるものがあるような気がした。

心の中のさざ波のままに、言葉をつないでいけばいいだけだったのかもしれない。

（あのさ、陽介）

紅茶を飲む。

安い茶葉でも香りが高いのは、陽介が淹れ方を工夫しているからだ。斜め後ろから見てきたから知っている。

高校二年の、放火魔の夏から見てきたから知っている。

それは、彼の人生の中のほんのわずかな時間でしかないけれど。自意識過剰も甚だしいけれど。ただ一人、心を開いて笑う彼を知っている。

「俺は、日下陽介を知ってるよ」

「……………」

「言葉にできる部分は少なくて。言葉にできないたくさんを俺は知ってるから。だから……お前の中にないと思っても、俺の中にはあるから」

とけた青虫のさざ波のままに言葉を紡いでいた月也は、ああ、と気が付いた。これは陽介に向けた言葉ではない。自分に向けた言葉だ。

「お前の中に俺がいるなら。きっと、それと同じくらいには存在してるんだよ」

ドロドロだった自分が、やっと気付いたのかと嘲笑っている。それでも量子論を信奉する科学の徒なのか、と。

どこまで蟲の呪いに冒されて、殻に閉じこもっているのか、と。

とけて形をなくしている「自分」は、蛹の中の青虫などではない。それほど立派な形も持たない。観測されるまでは不定形に揺らめくだけの、曖昧模糊として、たゆたい、何者でもない「何か」が自分なのだ。

だから、何者にもなれる。

心が観測するままに。あるいは、誰かに観測されるままに……。

「陽介の中に俺っている？」

「……鬱陶しいくらいには」

「素直じゃねぇなぁ」

「先輩には言われたくないですけどね」

へら、と陽介は頼りなげに笑った。

月也は耐えられずにうつむく。

ぼくを、俺を見てほしい――幼い我儘でしかなかったことが、ここまで落ち込ませることになるとは思っていなかった。気まずさに、月也は視線をさまよわせる。どうしていいか分からず、ソファの上に正座した。

「俺が悪かったです。これほどの地雷とは思わなかったんです」

「先輩の中に僕がいるのに？」

「……前言撤回していい？」

「観測しちゃったからなぁ」

「まー、ほら、いるってもまだその程度なんだよ。だから」

取り繕おうとして、また、地雷を踏む。

まだまだ、知らないこともたくさんあるから。これからの日々の中で、気付いていけたらいいと思ったとしても。のんびりと、いつまでもというわけにはいかない。

あと、二年半。

陽介の卒業までという、どうしようもないタイムリミット。それまでの間に、どれほどのことを知ることができるだろうか。正義に迷った時、自分を見失った時、原点となれる「君」を、どれほど覚えておけるだろうか。

「だから……」

「そうですね。じゃあ、ちょっとした仕返しをしましょうか」

「仕返しって……」

黒いマグカップから一口飲むと、陽介はにやりと笑った。べっこう色の眼鏡を押し上げて、張りのある声で語り始める。

「やっぱり僕も、着目する点は『ハロウィン』だと思うんですよ。僕の知る範囲にはなりますが、桂月也って人は、ハロウィンなんて興味ないってタイプだと思ったんですけどねぇ？」

「……………」

「どうにも気になっている様子でしたよね。それと、何かを企んでいる時の目になったのが、ほとんど同じタイミングなんです。だから、ハロウィン関係の犯行計画なんだろうなってことは察してましたよ」

眼鏡の奥の瞳が光る。まっすぐに、鋭く、月也を捉える。

その「目」を知ってしまったことが、最大の敗因だった。

「まあ、一番の決め手は今の依頼ですけど。先輩は、僕が解くことを望みましたから。また、見つけてもらいたくなったんだなって」

「……うるせぇ」

「嬉しかったですよ。でも、まさかあの、プロポーズの南瓜さんが先輩プロデュースだとは思いませんでした」

「俺も。こんな形でバレるとは思ってなかったよ」

下手な鉄砲だとしても、ひどく奇妙な偶然だ。匿名・不特定多数の人格が集うネットワークの宇宙から、見つけ出されることになるとは思わなかった。

運命、と呼びたくなってしまう。

必然、とも言える。月也が〈実験〉など考えずに、素知らぬふりで対応していたなら、いくら陽介でも気が付かなかっただろう。陽介の「目」を求めてしまった時点で、月也の負けは一部で確定していた。

「さて。仕返しはやっぱり、犯罪者のプライドを潰すことですよね」

陽介は立ち上がると、月也と向かい合わせになるようにテーブルに座った。脚を組み眼鏡にふれる。清々しいまでに「名探偵」らしい仕草だった。

「桂月也ともあろう人が、単にバズるためにSNS投稿をするはずがありません。となると、本当にサーバダウンを狙った……というのも嘘っぽいんですよね。完全犯罪を目指す先輩の美学に反してます」

「美学って……」

「そうでしょう？　確実性がないじゃないですか。何人集まればダウンできるのか分からないのに、それが犯行計画って、先輩らしくない」

人柄が根拠として挙げられるなど、笑うしかない。陽介らしいロジックに返す言葉がなく、月也は足掻くように脚を組んだ。

相手が名探偵らしいのであれば、せめてこちらは「犯罪者」らしく。陰鬱さを象徴する重い前髪にふれた。

「でも、朝採り南瓜さんは拡散に必死なんですよね。何か国語も使って、彼からは本気で渋谷ダウンを狙っているような気迫が感じられます。だから、先輩に騙されてるんじゃないかなぁって思うんです」

「騙してるってのは人聞き悪ぃな」

「実際そうなんでしょう？　そうやって、頑張り次第では実現できるかもしれない、でも本当は可能性の低い犯行計画を与えて騙すことで、南瓜さんを守ったんです。本物の犯罪者にならないように。まあ、仮にサーバダウンが成功したとしても、彼の犯行にはなりませんけどね。動機がどうあれ、データとして残っている行動は、応援者を集めていただけですから」

「エクセレント。訂正の必要もねぇな」

月也はわざとらしく拍手を贈る。陽介は口を尖らせると、横に置いてあったマグカップをつかんだ。紅茶で喉の調子を整える。

「んー、でも、先輩はもっと意地が悪いからなぁ。世界中にプロポーズを宣言させることで逃げ場をなくしたんでしょ。南瓜さんが本当に婚約を申し込まなきゃならなくなるように。悪魔のくせにキューピッドだったってわけですね」

「これだから、名探偵はなぁ……」

地雷と分かっていながらも、月也はその言葉を選んだ。他に言いようがなかった。犯罪者のプライドをへし折ってしまえるのは、やはり「名探偵」だ。

完敗を示し、月也はテーブルの隅に置いてあった加熱式タバコをつかむ。ベランダは思った以上に冷えていた。

霧雨が室内灯を反射して、白いヴェールのようだった。

「だから、名探偵じゃありません」

となりに並んだ陽介が、眼鏡に水滴を受けながら笑った。お決まりとなった言葉で応じるのは、信頼の形でもあるのだと、今更になって月也は分かった。

「ホントもう、陽介の仰る通り。最初は無理な犯行計画で失敗させて、罪なんて犯せないって分からせるつもりだったんだ。途中で事情が変わったっつーか、分かったから、悪魔のキューピッドになってやったけど」

ケラケラと、それこそ悪魔らしく笑ってやる。

（ま、「赤い糸」のおかげなんだろうけどな）

永一の、小指に残る矛盾と。

明音の、既読だけは付け続ける矛盾。

言葉を返すことはないのにメッセージを見続ける明音は、永一に縋っているように感じられた。本当にどうでもいいのなら、終わろうと決めた時点で消し去っていたはずだ。

明音にも、まだ、見ていたいという思いがある。

観測するということは、観測されるということだ。互いに影響することで、自分を確かめていられる。

永一だって同じだ。思い出という「自分の世界」を壊してしまいたいと言いながら、ピンキーリングを捨てられずにいる。その心は、イタズラを仕出かすことで、彼女に怒ってもらいたいと——収斂火災の日の再現を望んでいる。

そういうつながりが残っているのなら、間に合う気がした。

互いに未練がましく求め合っていて、何よりどちらも生きているのだから。まだ、やり直せる可能性があるように思えた。

互いの制御棒を取り戻すことが「犯行」になると信じた。

「俺らしいエレガントな計画だろ？」

「ええ。犯行計画を知ってしまった僕をまた、共犯者にしてますけどね」

「あー……」

「今はもう、共犯者の方がしっくりきますよ」

陽介は霧雨よりも微かに笑う。月也は、そっと煙を漂わせた。

共犯者——正義とは言えない関係性も、新型感染症によってもたらされた変化だ。永一と明音とは違った形で、それでも、やっぱりこの世界に狂わされた結果だ。

圧倒的で、理不尽で、暴力的な現実に、翻弄されている。

（これから、俺たちってどうなるのかな？）

未来は……。

死にたいくせに矛盾している。月也は睫毛を伏せた。霧雨がまとわりついて、泣いてもいないのに涙のようだった。

「ん？」

「なんでもありません」

陽介は微かに笑って、右手を差し出してくる。親指の付け根の傷を見つめて、月也はタバコを持つ手を変える。彼に近い左手で、その手をつかんだ。

——なんでもない。

言葉にできない「何か」に与えた、暗号のような仮初めの言葉だ。デジタル的にしか表現できない言葉では、表し尽くすことのできない何か。

「朝井先輩は、言葉を尽くし過ぎたのかもな……」

左手に温度を感じながら、月也はぼそぼそと、語るともなしにこぼす。

遠距離だった。感染症のせいで会うことも叶わなかった。となれば、二人をつないでいたものは「言葉」だけだっただろう。

なめらかに、ゆるやかに、グラデーションを持っていた関係は、繰り返される言葉によって削ぎ落とされ、先鋭化され、極端になる。

ピアノの音色をそのままデジタルでは配信できないように、近似的な、何かの足りないものへと変化する。足りないことを分かっているから、繰り返されるほどに、物足りなくなっていく。

分かってくれない、と叫びたくなる。

「先輩」

こんなにも想っているのに、と途方に暮れたくなる。

（朝井先輩も本当は分かってたはずなのに）

今更ながらに考察したことで、月也は気付いてしまった。

抱きしめに飛んでいくこともしなかったんだ、と彼は言っていた。あの時、月也は言ってやればよかったのだ。一緒になって犯行計画を立てるのではなく、単純なことを伝えればよかったのだろう。

できなかった「答え」を合わせるために、月也は陽介に問いかける。

「なあ、陽介。朝井先輩はどうするのがよかったんだろう？」

「……僕だったら、抱きしめに行ったと思います」

「俺、だいたい殴られてんだけど」

「そりゃあ、先輩は先輩ですから」

ケラケラと陽介は笑う。眼鏡の水滴がひどくなっていた。霧雨は弱いようでいて、気付けばひどく濡れてしまう。月也は中に戻ろうと、深くタバコを吸い込んだ。

「言葉はもどかしいですね」

吐き出す煙で同意する。

言葉はもどかしい。それでなければ心をやり取りできないのに、それを使うばかりに伝わらなくなる。

「だから、たくさんの言葉が欲しくなるんですね。思い出も言葉でできているから」

目を伏せる横顔に、月也は唇を噛んだ。相槌すら違う気がして、何も返すことができなかった。

思い出が薄れ、消えていくのも、言葉でしか表せないからなのだろう。脳は、思考は言語によって処理される。記憶を辿り想起するのもまた、言葉による作業だ。

左手に感じている温度も。

離した瞬間には「あたたかかった」の一言の中に消えてしまう。

「……本当、もどかしいな」

「ええ。だから、寝る前にホットミルクでも飲みましょう」

雨に冷えた身体を温めて。結局は言葉に頼るしかない、無駄な時間を重ねて。あふれるほどたくさんの思い出にしておけば、大丈夫だろうか。

あと、二年半。

(未来に、俺はどれだけ残れるんだろう?)

自分の中に、「君」をどれだけ残しておけるだろうか。不確定過ぎて、何も分からなかったけれど。

少し強まった雨音と、ホットミルクの甘さは、覚えておけるような気がした。

＊白日［はくじつ］輝く太陽

第8話　十月三十一日　ブルームーン

昼下がり。雲に遮られることのない日差しを受けて、紫陽花の葉が揺れている。花は茶色く枯れてしまったけれど、このボロアパートの象徴は、今もなおオバケのように立派だった。

（オバケかぁ）

いつも思うことを、陽介がいっそう強く感じたのは、今日が「そういう日」だからだ。ハロウィン。いつからか日本にも定着したイベントは、陽介にはオバケとカボチャの日という印象だった。

だから、今日のおやつはカボチャクッキーだ。

生地にカボチャを練り込んでオレンジ色にし、ジャック・オ・ランタンの目と口をアイシングで表現してある。

「トリック・オア・トリート！」

にこにこと陽介は、クッキーを盛った木のボウルを月也へと差し出す。室外機のそばのアイアンチェアでタバコをふかしていた彼は、短く笑った。

「お菓子持ってる側のセリフじゃねぇだろ」

「あ……じゃあ、先輩がどうぞ」

月也は気恥ずかしそうに視線をさまよわせる。タバコを吸うと、閃いたように陽介に向かって吹きかけた。

「俺はトリックしかねぇから」

「じゃあ、いらないんですね」

「それは……」

物欲しそうに、月也はまた視線をさまよわせる。陽介はじっと見つめた。加熱式タバコのスティックをきつく握った月也は、眉間にしわを作り、ため息に混ぜるように呟いた。

「トリック・オア・トリート」

「ほんと、素直じゃないなぁ」

くすくす笑いながら、陽介はジャック・オ・ランタンを一枚つまむ。乾燥しがちな口元に持っていくと、ますます不愉快そうにかじりついた。

「動物園のふれあいコーナーみたいですね」

文句はサクサクという音に変わる。いい焼き具合だと自画自賛しながら、陽介はテーブルの中央にクッキーを置いた。

月也の向かいに座り、先に運んでいたカフェオレをすする。こちらもちょうどいい。

「餌付けかよ」

「文句があるなら自炊してください」

「……無理」

「でもねぇ、僕だっていつまで――」

何気なく言いかけて、陽介は唇を噛んだ。

明日から十一月。移ろう季節が否応なく、タイムリミットを見せつけてくる。きゅうっと胃が縮み、陽介はカップをテーブルに置いた。

「今しがたさ、朝採り南瓜こと朝井先輩から苦情が入ったよ」

月也も目を逸らすように話題を変えた。

「サーバ強化が発表されてるって。このままじゃ犯行失敗じゃないかってさ。観念して、初期費用でエンゲージリング買いに行くように伝えといた。総額がいくらになるか、公式発表が楽しみだな」

「じゃあ先輩の『犯罪者にしないための完全犯罪』は成功したってわけですね」

「まあ……俺の本番はこれからだけど」

カボチャクッキーを手に、月也はニヤリと笑う。身構えた陽介は、重く垂れた前髪の間を伺った。見え隠れする瞳に「死」の気配はない。

子どものようにキラキラとしていた。

「陽介くん。今夜、光の少ない場所に月見に行きませんか。ブルームーンらしいんで」

「ブルームーン？」

「同じ月で起こる二度目の満月のこと。太陽暦と太陰暦の差のせいで起こる現象だな。別に青く見えるわけじゃねぇのに、なんでかブルーって言うらしい」

「へぇ。それが今日なんですね」

「ああ。月の出は十六時五十分。少し早めに飯食って出掛けよう」

夕飯に予定していたメニューを思い浮かべ、陽介は頷く。手間をかけた煮込み料理ではないから、慌てて作らなくても夜の外出に影響はなさそうだ。

「でも。近場に光の少ない場所ってありますか？」

「理科大学」

「あー……キャンパスって似てるんですね」

敷地を広く取る大学は緑化され、繁華街の眩しさからも切り離されている。場所によっては街灯を設置してくれ、と思うほど暗い歩道があったりもした。

それは、陽介の通っている公立大学だけではないらしい。もちろん、中心街や繁華街にビルを持つ大学は違うのだろうけれど。

「理大入るの初めてです。なんか、嬉しいですね」

「嬉しい？」

「だって、先輩の母校じゃないですか」

どういう雰囲気なのだろうか。夜だと思うと少し怖いような気がする。ワクワクと想像を膨らませると、胃の痛みが和らいだ。

陽介もクッキーを取り、半分に割る。黒いアイアンテーブルに落ちたオレンジ色のクッキーくずは、星の欠片のようだった。

——二十時過ぎ。

黒い空にはクッキーくずのような星の姿はない。マイナス十二・七等星の満月が、あまりに明るいからだ。その光は、理科大学正門を入ってすぐ右手の庭園を、ぼんやりと浮かび上がらせていた。

「うわ。ここにもカボチャランタンいやがるし」

先を歩く月也が、白い建物のそばに並ぶ巨大なカボチャに舌打ちする。手慣れた人が作ったらしく、目や口の切り口がシャープだった。中に入っているのはろうそくではなく、LEDライトらしい。

「いいじゃないですか。ハロウィン気分でお月見できて」

「よくねぇよ、こんな光源。昨日はなかったのに……」

生物学部はフリーダム過ぎる、と月也はぼやく。言葉からするに、昨晩彼の帰りが遅かったのは、理科大学に寄っていたからだったようだ。

(月見なんて、下見しなくても大丈夫だと思うけど……)

ましてて、通い慣れたキャンパスだ。月の方向もビルの立地も、普段の生活の中で自然と覚えていただろう。

(俺の本番……)

陽介が解き損ねた「何か」がここと関係しているらしい。ヒントを求めて視線を巡らせても、カボチャが白い壁を照らしているばかりだ。その光はぼんやりとしていて、満月を曇らせるには頼りなかった。

「せっかくさぁ……」

月也は並ぶカボチャの一つ、左右非対称の顔で笑うそれに近付くと、恨めしそうにしゃがんだ。何がそんなに気に食わないのか、顔だけのカボチャをバシバシと叩く。びくともせず、ジャック・オ・ランタンは笑い続けるばかりだ。

「ぶっ壊そうかな……」

「ふぅん、僕の前で？」

マスクの中で唸った月也は、諦めたように立ち上がる。ジャック・オ・ランタンの向かいの花壇、一人が通れる程度に途切れた部分を抜けてベンチに移動し、右端に座った。当たり前のように、陽介は左端に座る。マスクを黒いジャケットのポケットに押し込む月也につられて、同じように、パーカーのポケットに入れた。

「ああ、息苦しかったぁ」

思わず声がもれたのは、電車の乗車時間が長かったからだ。夏に使った新幹線よりはよほど短かったけれど、あの時はほとんど乗客がいなかった。

普通列車で、マスクをした人が集まっていて、密閉されていた。運営会社は換気されているというけれど、視覚的には「密」だった。

「久々に乗ると、ちょっと怖いですね」

「怖いっていうか、俺は叫び出したくなったなぁ」

「あー……日常に戻るまでも大変ですね、これは」

対面授業が始まっても、すぐには集中できないかもしれない。講義室の誰かが咳でもしようものなら、二週間は怯えそうだ。自転車の購入も、本格的に考えた方がいいかもしれない。うんざりする想像に、陽介はうつむいた。

スニーカーは夜でも分かるほどにくたびれていた。その先で、名前の分からない花のシルエットが揺れている。名前が分かるかもしれない花も、一緒に揺れていた。

（秋桜かな）

なんともなしに思うと、ひらり、と花びらが散った。

ベンチのそばまで飛んできたそれに手を伸ばしたのは、月也もだった。

「先輩？」

花になど興味なさそうなのに。不自然で、陽介は花びらを拾えなかった。月也の細く白い指先が、秋桜らしい花びらをつまんだ。

「この前、正義の話したじゃん」

花びらをもてあそぶ。青いわけではないのに青く思える満月の下、月也の横顔はひどく寂しそうだった。

「俺にも思い浮かぶエピソードがあって……聞いてくれる？」

「……はい」

頷くしかなかった。月也が何を仕掛けたのか分からない以上、彼の言葉全てに、気持ちを向けるしかなかった。

「大学一年の時だけどさ、俺、量子コンピュータ研究サークル入ってたんだ」

先輩が、と陽介は意外に思う。内容自体は月也が好みそうなものだけれど、誰かと一緒になって熱中する姿が、陽介には想像できなかった。

「まー、陽介が疑うのも無理ねぇけど。俺だって入るつもりはなかったけど。リーダーの水渓先輩がやかましいし、しつこいしで、根負けしたんだよ」

「先輩、成績上位で合格してますもんね。才能が認められたんですね」

「いや。俺がボッチで講義受けてたから」

うん、と相槌を打った陽介は目線を斜め下に落とした。同期に友だちを作ろうとしない姿は容易に想像できた。

「大学はレポートの貸し借りとか、代理出席とか、色々人付き合いあった方がラクだからって。特に先輩を捕まえとくと有利だぞって言うからさぁ、使えるならいいかなって」

「……清々しいくらい、先輩らしい入部動機ですね」

確かに、と笑って月也は加熱式タバコを取り出した。陽介は「学内禁煙」という文字を見かけた気がしたものの、見逃すことにする。どうせ目撃者は、カボチャ頭だけだ。

「きっかけは不純だったけど、水渓先輩とは気が合って。量子コンピュータらしくデコヒーレンスで盛り上がったりしたんだよ」

「……デコ？」

「デコヒーレンス。量子的重ね合わせ状態の破壊ってあたりかな。陽介もだいぶ馴染んできてると思うけど、量子はあらゆる状態が確率的に存在している。そういう、コンピュータで言うなら『1かつ0』の状態が『重ね合わせ』ってわけで。それが観測だったり、なんらかの相互作用によって古典力学的な状態に変わる、収束してしまうのがデコヒーレンス」

「ようは『観測』ってことですね」

「まあ、相互作用の方が正確なニュアンスかな。見るとか見ないとかじゃなくって、関係してしまうことも収束をもたらすから。だから俺たちの古典力学的世界、マクロな世界は、量子みたいに揺らいでいないってわけ。あまりにもたくさんのものが集まっているから、相互に作用しあってデコヒーレンスを起こしてる」

ひゅうっと吐き出された煙は、月光を映して暗闇に消える。同じように陽介の理解もあやふやだった。ぼんやりと分かるような部分と、真っ暗に分からない部分と。

それでもいいと思えるのは、右耳に届く声が静かで、いつも通りで、今そこに「生きている」と信じられるからだ。

だから、陽介は満月を見上げる。

物理を語る「音」に耳をすます。

「量子コンピュータってのは重ね合わせ状態、1かつ0も計算に使えるって代物で。従来型の1と0しか使えなかったコンピュータよりも、よっぽど処理速度が向上するんだ。それこそ、今のコンピュータが使ってる暗号なんて、あっさり解いちまうくらいに」

「あー、それでどこも量子コンピュータを作るのに躍起になってる感じがあるんですね」

「そういうことは知ってるんだ」

「ＳＴＥＡＭ教育って知ってます？　理科や数学、工学技術に加えて芸術まで身に付けさせなきゃマズイって言われてるんですよ。文系・理系なんて枠組みに捕らわれてちゃいけないって。教育学部も色々あるんです」

陽介には月也がいるけれど。理数科目に苦手意識を持っている人には、今更何を言うんだ、という感じだろう。逆に、理系だからと敬遠され、距離を置かれてきた人たちも。

「文理も最初から隔てなければよかったんです。曖昧さの中に、生徒が自ら見つけ出していければよかったのに」

それじゃあ教える方が苦労するけれど……両方の立場に立てる今、陽介はどうしようもできないもどかしさに眉を寄せる。その耳に、やはり月也の声は心地いい。

「学びも大変だねぇ」

「ええ。僕なんかまだ、やりがいとか分かってませんからね」

逃げるための口実にしていた教育を、免罪符として唱えていた教育学部を、自分のものにしていけるのか。あっさり手放した方がいいのか。今は分からなくなっている。

それでも縋っていたい気がするのは、月也と一緒にいるからだ。

彼に、憧れを抱いたからだ。

「僕は、先輩の方が向いてるって思うんですよね」

「……水渓先輩は、世界が躍起になっている量子コンピュータを、できる限り早く完成させようとしてたんだ」

はぐらかして、月也はふっと短いため息をついた。

「そのためにサークル作って。独自のメンバーを集めてたんだけどなぁ」

「集めてた……」

繰り返した陽介は、チクリと痛みの予感を覚える。

過去形なのだ。サークルの話は始めから、過ぎ去り失われたものとして語られていた。

「先輩。サークルって今は……」

「もう解散してる。奨学生になってまで入学して、わざわざサークルまで立ち上げた水渓先輩が、すげぇくだらない事件起こしてさ。退学する時に解散を告げてったんだ。量子コンサークルはもう、残っていても仕方ないからって」

「水渓さんはどんな事件を？」

「ホント、くだらないんだけど。ここ、この庭園の花を夜中にごっそり盗んでいったんだ。この通り真っ暗だから、目撃者はいなかったけど。そこの」

月也はカボチャの並ぶ白い棟を指し示す。

「生物学部棟の入り口んところに防犯カメラがあって。そこにバッチリ写り込んでた。水渓先輩だって分かる人物が、大きなゴミ袋運んでるところが。学生部が内部で分析した結果、ゴミ袋の中身は花だろうって。半透明だったから確度は低いけど、色相とかサイズ感とか、なんか諸々一致したらしい」

「なんか、すごい分析技術ですね」

「そりゃあ、科警研と共同開発しているような研究室もある大学ですから。映像解析なんてお手の物ですよ」

自分のことのように月也は得意げに笑う。陽介は短く息を吐いた。そういう情報を犯罪者志望に握らせるのは危険だ。技術の裏をかかれたら、完全犯罪の成功率が上がってしまうのだから。

これだから先輩は——困ったような呆れた気持ちを呑み込んで、陽介は水渓の行動に対する疑問に首を捻った。

「でも。その映像って奇妙ですよね」

「さすが名探偵」

名探偵じゃない、と陽介は頬を膨らませる。そうして、微かな風に揺れる花々を見渡した。明るければきっときれいなのだろう。

「ふつう花を盗む目的って、花として鑑賞するためですよね。花束でもフラワーアレンジメントでもいいですけど……ゴミ袋に詰め込んだら、花が傷んでしまいます」

「そう。かといって、エッセンシャルオイルを抽出するって感じの花が咲いていたわけじゃなかった。秋らしく、桔梗《キキョウ》や秋桜、竜胆《リンドウ》だったかな。夏の名残の向日葵《ヒマワリ》もあったかもしれない。そんなカラフルでバリエーション豊かな花だった。だからこそ、ゴミ袋の分析で特定できたんだろうけどな」

「んー……実はもう刈り取って、次の植え付けをするところだったとか。水渓さんは本当にゴミを運んだだけで、別に泥棒じゃないとか」

事件以外の方向を探ってみようとして、陽介は言葉を見失う。事件でなかったなら、水渓が退学することも、量子コンピュータ研究サークルが解散することもなかった。

水渓は本当に花を盗み、退学していったのだ。

どんなに奇妙に思えても。

「陽介ならどう解く？」

「……先輩はどう解いたんですか？」

月也はこの話を「正義」として語り始めた。だとすれば、そう思うだけの答えが彼の中にはあるということだ。

月也は答えず、つまんでいた花びらを風に飛ばしただけだった。

陽介は満月を見つめたまま、波のような思考に言葉を与える。

「真っ先に思い付くのは、量子コンピュータが要らなくなった、ってことですよね。そのことと、大量の花に関係があるって推測しますけど」

「エクセレント。ちなみに陽介は、量子コンピュータをイメージできてる？」

陽介は横に首を振る。何かとても凄いものらしい、くらいのイメージはあるけれど。具体的にできることは、暗号解読といった、計算機らしい計算という認識だ。

「まあ、次元の違うスーパーコンピュータって思ってればいいかな。感染症対策の飛沫計算なんてあっという間にできるだろうし。暗号解読なんてほんの一部の能力に過ぎないんだ。量子コンピュータが望まれているのは、新しい素材を開発したり、新薬を作ったり、色々なことを格段にスピードアップさせる可能性があるからなんだよ」

「新薬……」

そこに躓いたのは、新型感染症に晒されているからだろうか。早く薬ができてくれたらと、願うような半年だった。その日々はこれからも、しばらくは続くのだろう。

けれど……薬は、新型感染症のためだけに望まれているわけではない。

ずっとずっと以前から、何かしらの病に苦しんでいる人たちがいる。奇跡のような新薬を待ち望んでいる人たちがいる。

もし、量子コンピュータがあったなら――

「答え言わなきゃダメですか？」

「いい。その発言でもう充分だ」

陽介は頷いて、軽く目を閉じた。

虫の声を強く感じる。コオロギだろうか。同じような声の中で、水渓は花を集めたのだろう。きっと、泣きながら。もしかしたら、涙を堪えながら。

花を盗んだ。

（棺の花だったんですね……）

月也の思い出の中にしかいない水渓に、その大切な人に、哀悼の気持ちを捧げる。

量子コンピュータが、新薬開発に役立つとするなら……。

水渓は一刻も早く、量子コンピュータを作り上げようとしていた。それは裏返せば、時間に限りがあるということだ。暗号解読も、新素材の開発も、早いに越したことはないかもしれないが、タイムリミットを感じるものでもない。

誰か、今ある薬では助けられない命があった。

救うためには、今以上の計算能力が必要だった。

けれど……間に合わなかったのだ。水渓にとって、量子コンピュータは要らないものになってしまった。代わりに必要だったのが、大量の花だった。

棺を埋め尽くす花が必要だった。

だから、多少雑に持ち歩いても構わなかった。とにかく量が必要で、奨学生だった水渓には、花を買うだけの金銭的余裕はなかった。

「先輩」

煙の流れを逆に辿って、月也の横顔に視線を向ける。呼びかけてみたものの、言葉は浮かばず、ただ見つめることしかできなかった。

月也の目は、花のシルエットを映していた。

「やっぱ陽介は、盗んだ花なんて喜ばないって思う？」

「それは……」

「確かに水渓先輩は、自暴自棄だったんだと思う。世間一般的には死別をバネにして、新薬を開発してみせろって叱責するんだろう。でもさぁ、水渓先輩にはその人しかいなくって。罪を犯してでもたくさんの花で見送ってやろうとしたって想いはさ、すげぇ美しいって思うんだよ、俺は」

月也は加熱式タバコをつかむ手を、丸い月へと伸ばした。

「こんなにまっすぐで、きれいな心はないんじゃないかって、俺は思うんだ」

「そうかもしれません」

陽介も月に手を伸ばしかけ、すぐとなりのジャケットの左肘をつまんだ。

「僕も知ってます。僕のために罪を犯してくれた人を。その人の目はいつも死にたそうなんですけど、犯行計画を練っている時はキラキラして、すごくきれいで、いいなって思うんです」

「……犯罪者なのに？」

「誰かにとってはそうでも、僕にとっては正義でした」

忖度に救われた小中野実千のように。花葬を望んだ水渓のように。

悪も正義も揺らいでいる。重ね合わされていて、どう相互作用するか、観測するかで見え方が変わるのだろう。

だとすれば、一人の正義も、一人の悪もないのかもしれない。

「僕、自分の中に正義がないって言いましたよね。だから怖いって。でも、先輩がそれを決めてくれるなら、大丈夫なような気がします」

「犯罪者なのに?」

先ほどと同じ言葉は、違う意味で戸惑っている。「だからいいんです」と陽介はくしゃりと笑って、大きく頷いた。

「先輩は自分を正義とは決めつけないから。そんな先輩だから、僕の正義を任せられる気がします」

「じゃあ、俺の正義は陽介に任せるよ。互いに作用して、ようやく見つかる方が責任半減で安心だし」

それはまるで……陽介は月也の肘を離し、その手の人差し指を向ける。同じタイミングで、月也は加熱式タバコの先を陽介に向けた。

「デコヒーレンス」

声が重なる。あまりにエレガントなハモリ具合に、二人で声を上げて笑った。

生物学部棟に並ぶカボチャの一つが、ふっと暗くなった。ただの電池切れと想像できても、二人で肩を震わせて一瞬で笑いが引っ込んだ。

「先輩……」

「まあ、慰霊碑のある大学ではあるけど」

「それならこっちにもありますよ。農学部もある大学ですから」

「ハロウィンって、どっかの国のお盆じゃなかったっけ？」

「僕はてっきり、どっかの国の収穫祭かと……」

よく知りもしない文化を、コスプレイベントとして取り入れて、町をオレンジや黒や紫で飾ってしまうのだから、ユニークな話だ。

それを当たり前に受け入れて、便乗して、クッキーを焼いてしまう自分も。

子どもの眼差しで笑う彼も。

「陽介。トリック・オア・トリート？」

仮装などしていないのに、月光の下の月也はいっそう悪魔めいて見える。ベランダでは恥ずかしがっていたくせに、と心の中でぼやきながら、陽介は眉を寄せた。

「お菓子ないんですけど」

「じゃあトリックだ」

「わざとらしいなぁ」

「まー、いいじゃん。朝井先輩を騙してゲットしたプレゼントがあるんだ。どうしても陽介にあげたくて……せっかくだから受け取れよ」

「まー、お菓子ないですからね」

素直にイタズラを受け取るしかない。何を仕掛けられるのかと、警戒しつつ、ワクワクしつつ、月也の動きを目で追った。

（先輩の本番か……）

その時が近いと分かっても、まだ、何を企んでいるのか分からない。名探偵としては失格だけれど、名探偵であるつもりのない陽介は、分からないことがあることもいいもののように感じた。

解き明かせない部分があって。だからこそ、もっと知りたいと思える。

見ていたいと思う——

タバコを仕舞った月也は、入れ替えてスマホを握った。ひょい、とベンチから飛びおりる。陽介に背を向けて、花壇のそばに立った。

こそこそと、スマホを光らせて何かをしている。前髪をいじったことは、手の動きから分かった。

「見て」

背を向けるシルエットが、ジャック・オ・ランタンが並ぶ棟を指差した。

——直後。

白い壁面に黄色の光が弾ける。赤が、橙が、花開き、散り、光の雨となって降り注ぐ。

「花火……」

「音源まで確保できなかったから、迫力はねぇけど。きれいだろ。朝井先輩こういうのはすげぇ得意だったんだ」

月也の声は自慢げだった。

陽介は、ほとんど無意識のうちに立ち上がっていた。「花火」と、言葉を覚えたばかりの幼児のように繰り返す。

(だって……)

ほんの気まぐれの愚痴でしかなかった。花火のような華やかなものでも見たかったなんて、気にも留められていないと思っていた。

叶うとか、願うとか、それほど重要なものですらなかった。

くだらない戯言で。

無駄な時間のワンシーンでしかなかったのに……。

「陽介。これが俺の完全犯罪!」

振り返った月也が笑っている。

恥ずかしそうに、少しうつむいて。睫毛の先を震わせて。そのすべてがはっきりと見えるように、青い星で前髪を留めて笑っていた。

背後を、黄色い光が飾っていた。

天に、満月が浮かんでいた。

「………」

心が揺れ動き過ぎて、陽介は何も言葉にできなかった。言葉にしたそばから消えてしまいそうで、ただ、目を見開いた。

どうしようもなく、涙がこぼれる。

一筋。それ以上続かなかったのは、目に焼き付けたいと強く思ったからかもしれない。

涙にぬれた視界では、どうしたってはっきりと見ることはできないから。

（ねぇ、先輩……）

赤が開き、橙へと移ろいながら、黄色となって消える。

月也は叩き壊そうとしたけれど、ジャック・オ・ランタンの光だってプロジェクションマッピングの花火には似合っている。今日という日が、十月三十一日という日が、悪魔のような死神のような、癖の強い黒髪と骨のように白く細い指先が——

何一つ忘れたくないと、すべてを見つめていた陽介は気が付く。

月也の、スマホを握る手が小さく震えている。前髪を取り払われた目元にも、ちらちらと不安が揺らめいている。

——やっぱ陽介は、盗んだ花なんて喜ばないって思う？

問い掛けに、陽介は明確な答えを出せなかった。

何が正しくて、何が間違っているのか、決めることができない。自分にとっての正義が誰かにとっては悪であることも、社会的には善ではないことも、知っているから。

盗んだ花は——人を騙して打ち上げた花火は、胸を張って見せられるものではなくて。

それでも、桂月也には、その方法しかなかった。

（本当、いたずらっ子だなぁ）

喜ばせようと必死になっても、ままならなくて。これで大丈夫？　と震えている。褒めてほしそうに、見てほしそうに、瞳を揺らめかせている。

タバコをふかして大人のふりをしていても。

心の中にいるのは、いつだって「家族の愛」を求める子どもだ。

「先輩」

陽介は、月也のスマホを持たない左手を、両手で包んだ。壁に光った黄色い花火の間接的な明るさに浮かぶ、親指の傷痕の端を見つめた。

「僕は、あなたの母親にはなれません」

ぴくり、と細く白い指先が震えた。

「父親にも、弟にも、妹にも……あなたの家族にはなれません」

「でも……」

「はい。僕は先輩の家族になりたかった。そうすることが先輩のための正義になるって思ってた。でも、違ったんだなって。先輩の中の『家族』が壊れて、言葉ではないあやふやな波形に戻って、そこからまた再定義されていくのを、僕は見ていましたから」

その過程で、月也だって気付いたはずだ。日下陽介は家族ではない、と。本当に求める家族が何か、答えの波形はできていた。

認めたくないとしても、目を逸らし続けたいとしても。

そこで生きてきた日々があるから、桂月也はこうしてここにいる。「日下」の日々が陽介を作ってきたように。

どうしても捨て去れないのは、それもまたアイデンティティだからだ。

負の感情もまた、自分自身だからだ。

「先輩の家族は『桂』なんです。それでいいんです」

殺したいほど憎んでいる罪の象徴でも。逃げ出したいほど嫌いなトラウマでも。月也にとっての家族は「桂」だ。

他の誰が家族のふりをして見つめても。愛しても。代替品にもなれない。

「逃げなくても大丈夫です、先輩」

「………」

「先輩の家族が『桂』である限り、きっと先輩は完全犯罪を考え続けるのでしょう。『ぼくを見て』って叫び続けなきゃならないから。どうしたって叶わなくて、優しさと矛盾して、死にたくもなるのでしょう。でも、大丈夫です」

陽介は月也の左手を包む両手に力をこめる。言葉以外の温度で、感触で、ちょっとした痛みで、伝わるようにと願いを込めて。

「大丈夫です。なんでもない僕が、ちゃんと見続けますから」

家族ではない、何者でもない存在だけれど。一緒に生きたいと思う気持ちに変わりはない。きっと最初から、そこに理由も理屈もいらなかったのだ、本当は。

言葉になど、囚われなくてよかったのだ。

音のない花火が弾ける。「美しい」の一言には収まらない、ちょっとした罪悪感と、嬉しさをグラデーションのように抱かせる、向日葵のような黄色の花火が、散る。

「陽介」

かつん、と月也の手からスマホが落ちる。プロジェクターを操作するアプリが、一瞬光って消えた。それだけで、花火は上がり続ける。

左手を包む手に、月也の右手が重ねられた。

「ありがとう」

「……はい」

一際強い光を放って大輪が打ち上がる。フィナーレを告げるように。「見ろ」と主張するように。目を奪いに来る金色の光を、月也は驚いたように振り返った。

「リハになかった……」

呟く先で、ひらり、と青い蝶が飛ぶ。日差しのような光の雨の中を、何羽も、青をきらめかせて蝶が舞い踊る。

何かを、伝えようとするように。

何も、伝える気などないように。

「朝井先輩のやつ……」

くしゃりと笑った月也の手が、陽介から離れる。見届けるのが義務だ、というようにまっすぐに白い壁を見上げた。

陽介も、光の演出だからこそ存在する、輝く蝶の軌跡を見つめる。

「なんか、先輩みたいな蝶ですね」

「……え？」

「ふらふらして、定まらなくって、すぐに消えちゃう感じが」

「生憎と、俺はそこまで立派なもんじゃねぇよ」

肩をすくめた月也はスマホを拾い上げた。親指の先で角を気にする。落ちた時に傷付いたようだ。「まーいっか」と呟いて、カメラを起動した。

「陽介、ちょっとあのカボチャのあたりに立ってよ」

「え、撮る気ですか」

「せっかくだから残しておきたいじゃん。『今』この時ってやつ。写真なら言葉よりも多くを記録できそうだろ」

「んー……」

陽介は唸りながら、花壇の間を抜ける。ニヤニヤ笑うジャック・オ・ランタンを憎たらしく感じ、思わず平手で叩いた。その瞬間を激写される。

「ちょっと！」

「俺さ、ずっと蛹なんだって思ってたんだ。自分はドロドロにとけた青虫で、何者にも成れないんだって」

スマホを構えたまま、月也ははぐらかす。写真なんかよりも大事な、耳を澄まして聞きたいと思えるような話を、なんでもないように始める。

「でもさぁ、量子論的にはドロドロのスープなんて当たり前じゃん。それなのに殻に閉じこもってるって思い込んでたのって、やっぱり母さんの呪いでさ」

スマホを持たない手で、月也は左脇腹を押さえる。母、清美が残した刺し傷。そこには蟲の呪いが掛けられている。

「桂」を家族とする限り、その呪いも解けることはないのだろう。

「自分の力じゃメタモルフォーゼできないのなんて当たり前だったんだ。誰かに観測してもらって、デコヒーレンスして、やっと輪郭がつかめるんだから……きっと、朝井先輩は分かってたんだな。太陽があれば俺も飛べるって」

あ、と月也が目を見開いた。

首を反らし、陽介も息を呑む。

夜空に浮かぶ満月と、作り出された太陽のような光が、一直線に並んだ。その二つを目指すように、ひらひらと、二羽の青い蝶が飛んだ。

蝶は、どちらに辿り着いたのだろうか……分からないうちにふっと暗くなる。

後にはカボチャと、ブルームーンだけが残った。

「月也先輩！」

叫ばずにはいられなかった。けれど、言葉が見つからなかった。お決まりになった、あの言葉で笑うしかなかった。

「なんでもありません」

＊ブルームーン［blue moon］（略式）長い期間　once in a blue MOON

エピローグ―十六夜《いざよい》

満月を過ぎたばかりのベランダは明るかった。

アイアンテーブルの上には、昨日残ったカボチャクッキーが置かれている。十一月に入った途端、どことなく場違いのように感じるのだから、人間は薄情かもしれない。

（ハロウィン、終わったんだなぁ……）

薄情ながらに、月也はしみじみと思った。ひゅるりと吹き抜ける隙間風のような物寂しさを覚えるのは、あまりに色々とあった十月だったからかもしれない。

その後――

バーチャル渋谷は、三十一日というピンポイントのアクセス数を発表しなかった。

ハロウィンイベント期間中に、延べ四十万人を超える参加者がいたという表現を使っていた。これをどう、朝井永一は捉えるのか。総額四十万×十円になるようにリングを贈り続けるのか、全ては彼が決めることだ。

少なくとも、初期費用として用立てさせた十万円のリングは決まったらしい。

一時間ほど前。ＳＮＳに、左手の薬指にシンプルな金のリングをはめた、二つの手の写真がアップされた。

言葉はなかった。

けれど、全てを語っていた。

(写真の力ってすげぇな)

それもまた「光学」の領域になる。そんなことを思いつつ、月也はスマホをいじる。画像フォルダから、昨日の写真を表示した。

(間抜け面だな)

クッキーと同じ、ニヤニヤ顔のジャック・オ・ランタンに八つ当たりする、陽介の横顔に月也は笑う。テーブルの向こうでカボチャクッキーをつかんだ陽介は、その表情から察したらしい。恨めしそうにカボチャの顔を真っ二つに割った。

「消してください」

「えー？」

「こう、なんかもっとマシなポーズ……いえ、被写体が悪いんで！」

「俺はいいと思うけどなぁ。見ると元気になれるし」

笑える、とはそういう効果もあるものだ。免疫力が……と講釈を垂れるまでもなく、陽介は舌打ちして諦めた。

月也は笑ってタバコに手を伸ばしかけ、白いマグカップをつかんだ。

今日も、ホットミルクが揺れている。

（そういやあ、これだって陽介が初めて作ってくれたんだよなぁ）

桂の家に、眠れない夜を一緒に過ごしてくれる人はいなかった。星の瞬きを見上げることで、慰めて、誤魔化してきた。そういう意味では、宇宙物理学に進んだのは、桂のせいでもあるのだ。

——後悔する？

自問してみる。まとわりつく「桂」を毛嫌いして、宇宙も嫌いになれるのか。答えはすぐに「ノー」と出る。こんなに謎に満ちて、不可思議で、ワクワクするものを嫌いになれるはずがない。

（陽介だって……）

ここにいるのは偶然ではない。

あらゆるものがそうあるように、複雑に絡み合っていた。相互結合していた。気付かないだけで、宇宙とは「そういう風に」できている。

ホログラフィック宇宙論が確かならば。

過去も未来も、どこかに記録されていることになるけれど。残念ながら月也は、それを観測する波長を持ってはいない。

これからの変化は、自分で見つけていくしかない。

桂に復讐するための完全犯罪計画をどうするかも。きょうだいとの関係の仕方も。

（一番の難問は、どうやって一緒に居続けるかだよなぁ……）

陽介の卒業後も、この「部屋」を守るにはどうしたらいいのか。「日下」に対しての罪となる犯行計画が必要だ。きっとそれを、陽介も望んでいる。

とりあえず、と月也はホットミルクを一口飲んだ。

「なあ、陽介先輩」

「……はッ？」

マグカップに口を付けていた陽介は、噴き出しそうにむせた。瞬きを繰り返しながら咳込む眼鏡を見つめ、月也はニヤニヤと頬杖をつく。

「だって、教育学的にはそっちの方が先輩じゃん？」

「……教免取るんですか」

「うん……俺はもう『桂』だけは継げないから。今更何になりたいとかもなかったけど、俺の中にその可能性を見てくれた人が二人もいるなら、目指してみてもいいかなって」

言葉にしているうちに恥ずかしくなり、月也は前髪をつまむ。青い星のヘアアクセサリーはパソコンデスクの上だ。先日のように使う気持ちはさすがになかった。

咳払いで落ち着きを取り戻した陽介は、はい、と笑った。

「目標も一緒って、なんか嬉しいですね！」

「なんであれ、お前に負ける気しねぇけど」

「これだから先輩はなぁ……」

「既に憧れの教師像なんだろ」

「そうですけどぉ……」

複雑そうな顔で陽介はクッキーをかじる。口の端についたオレンジ色を眺めて、月也はふっと目を細めた。

この、無駄でくだらない、二人だけの日常を望み続けることはきっと罪だ。家族の呪いを抱え込むことを選び、「死」への憧れを拭えない自分に対しての。

それでも――月也は陽介に右手を伸ばす。

「〈生きる〉という罪を犯そうか」

「ええ、二人で」

つながれた手に、日なたのぬくもりを思う。

そんな、なんでもないベランダを照らす月は十六日目。既望《きぼう》だ。

（終）

【参考文献】

『宙の名前』写真・文・林完次（角川書店）
『投影された宇宙――ホログラフィック・ユニヴァースへの招待』著者・マイケル・タルボット　訳者・川瀬勝（春秋社）
『繰り返される宇宙』著者・マーチン・ボジョワルド　訳者・前田秀基（白揚社）
『量子論で宇宙がわかる』著者・マーカス・チャウン　訳者・林一（集英社）
『脳は世界をどう見ているのか　知能の謎を解く「1000の脳」理論』著者・ジェフ・ホーキンス　訳者・大田直子（早川書房）
『時間と宇宙のすべて』著者・アダム・フランク　訳者・水谷淳（早川書房）
『実在とは何か　量子力学に残された究極の問い』著者・アダム・ベッカー　訳者・吉田三知世（筑摩書房）
『科学と非科学　その正体を探る』著者・中屋敷均（講談社現代新書）
『それはあくまで偶然です　運と迷信の統計学』著者・ジェフリー・S・ローゼンタール　訳者・柴田裕之（早川書房）
『基礎から学ぶ　紅茶のすべて』著者・磯淵猛（誠文堂新光社）
『認知バイアス　心に潜むふしぎな働き』著者：鈴木宏昭（講談社ブルーバックス）
『情報を正しく選択するための　認知バイアス事典』著者：情報文化研究所（フォレスト出版）
『量子力学で生命の謎を解く』著者・ジム・アル＝カリーリ／ジョンジョー・マクファデン　訳者・水谷淳（SBクリエイティブ）

『ジーニアス英和辞典《改訂版》 2色刷り』（大修館書店）

【参考サイト】

『NHK　特設サイト新型コロナウイルス』
https://www3.nhk.or.jp/news/special/coronavirus/

『ニュースデータベース』
https://news-database.com/

『ウェザーニュース』満月の明るさって、どのくらい？
https://news.line.me/articles/oa-weathernews/650f45e4c48e

『渋谷5Gエンターテイメントプロジェクト』
https://shibuya5g.org/

『渋谷未来デザイン』
https://fds.or.jp/

『毎日新聞』事件がわかる　池袋暴走事故
https://mainichi.jp/articles/20220419/osg/00m/040/001000d

『日本原子力発電株式会社』原子力発電のしくみ
http://www.japc.co.jp/atom/atom_2-1.html

【アプリ】

『Moon　Book』株式会社ビクセン

本作は書き下ろしです。
本作品はフィクションです。実際の人物や団体、地域とは一切関係ありません。

死にたがりの完全犯罪と部屋に降る七時前の雨

The perfect crime with death wish
and
the rain in the room before
seven o'clock

@COMIC

世界なんて
いっそ
滅びればいい
先輩は不意に
この手の話をしだす
ことがある

漫画：りんぱ　原作：山吹あやめ

キャラクター原案：世禕

何、言ってんですか
そんな時、いつも決まって
いや
別に
悪魔を連想させるような暗い目をしている
「死にたがりの探偵」が謎を説く、
ステイホーム・ミステリー！
コミックシーモアにて
近日、先行配信開始！
CORONA EX
コロナEX
TO books
でも順次連載！

殺人鬼《サイコパス》狩り
二宮敦人
Atsuto Ninomiya
初文庫化!
殺人鬼同士の殺し合い、
規格外の結末
血濡れの狂気に震える、壮絶サバイバルホラー!
イラスト：大前壽生 TO文庫

四段式《よんだんしき》
狂気《きょうき》
二宮敦人
Atsuto Ninomiya
続々重版の
《既刊発掘シリーズ》
第6弾！
何重にも仕掛けられた罠
狂気のどんでん返し
必ず4度騙される、驚愕のミステリホラー！
イラスト：大前壽生
TO文庫

TO文庫

死にたがりの完全犯罪と
月夜に散る光の雨

2023年4月1日　第1刷発行

著　者　山吹あやめ
発行者　本田武市
発行所　TOブックス
〒150-0002 東京都渋谷区渋谷三丁目1番1号
ＰＭＯ渋谷Ⅱ　11階
電話 0120-933-772(営業フリーダイヤル)
FAX 050-3156-0508

フォーマットデザイン　金澤浩二
本文データ製作　TOブックスデザイン室
印刷・製本　中央精版印刷株式会社

Printed in Japan ISBN978-4-86699-819-0